www.ingramcontent.com/pod-product-compliance
Lightning Source LLC
LaVergne TN
LVHW050953051026
849532LV00005B/1816
* 9 7 8 9 3 5 8 7 2 8 1 1 8 *

کہانی کی تلاش میں

(افسانے)

محمد شفیع بلوچ

Kahani ki Talaash mein (Short Stories)
by: Mohammad Shafi Baloch
Edition: April '2024
Publisher :
Taemeer Publications LLC (Michigan, USA / Hyderabad, India)

ISBN 978-93-5872-811-8

کتاب	:	**کہانی کی تلاش میں** (افسانے)
مصنف	:	**محمد شفیع بلوچ**
پروف ریڈنگ / تدوین	:	اعجاز عبید
صنف	:	فکشن
ناشر	:	تعمیر پبلی کیشنز (حیدرآباد، انڈیا)
سالِ اشاعت	:	۲۰۲۴ء
صفحات	:	۶۰
سرورق ڈیزائن	:	تعمیر ویب ڈیزائن

فہرست

ٹھہرو!

قسم ہے طور (سینا) کی
قسم لکھے نوشتے کی
ورقہائے کشادہ میں
قسم آباد گھر کی ہے
قسم ہے سقف بالا کی
قسم بحر لبالب کی
دریں چہ شک عذاب آنے ہی والا ہے ترے رب کا
نہیں ہے کوئی اس کو ٹالنے والا
لرز کر، کپکپا کر آسماں جس روز ڈانواں ڈول ہو گا
اور پربت پھٹ پڑیں گے
شامت اس دن آئے گی جھٹلانے والوں کی
جو اس بے ہودگی کے مشغلے میں گرم جولاں ہیں
دھکیلا جائے گا نارِ جہنم کی طرف جس دن انہیں
یہ آگ ہے وہ جس کو جھٹلاتے تھے تم
(الطور، منظوم ترجمہ: عبدالعزیز خالد)

"___ اور مجھے یوں لگا جیسے صورِ اسرافیل پھونکا جا چکا ہو۔ پہاڑ روئی کے گالوں کی طرح اُڑ رہے تھے۔ وہ دھرتی جس پر مجھے بہت مان تھا اور جس پر میں سینہ پھیلا کے یوں اکڑ کر چلتا تھا جیسے میں ہی اس زمین کا مالک ہوں، اب مجھے سات ربڑی گیند کی طرح اُچھال رہی تھی۔ ہر طرف ہیبت ناک چیخ پکار تھی۔ اسی اثنا میں فرشتوں کا ایک گروہ مجھے گھسیٹتا ہوا اُس میدان کی طرف لے آیا جہاں ایک بہت بڑی عدالت لگی ہوئی تھی۔

"اپنا دفترِ عمل پیش کرو ___!"

ایک رُعب دار آواز آئی۔

"مم ___ میں ___ میرے پاس تو کچھ بھی نہیں ___!"

کوئی شئے جیسے میرے گلے میں اٹک گئی ہو۔

"___ خالی ہاتھ گیا تھا اور خالی ہاتھ ہی لَوٹا ہوں۔"

"جھوٹ بولتے ہو تم، بہت گل کھلائے ہیں تم نے وہاں!"

"حضور! میں جھوٹ تو نہیں بول رہا، میں تہی داماں ہوں، وہاں تو میں نے محبت کا درد سمیٹا اور بس ___ یہی میری نیک کمائی ہے۔"

"ہم تمھیں صفائی کا پورا پورا موقع دیں گے، جو کچھ بیان کرنا چاہتے ہو کھل کر بیان کرو۔"

"میری حیات کے مالک! میں کیا اور میری حقیقت کیا!!!"

اب میں کچھ کچھ بولنے کے قابل ہو چلا تھا۔

"___ اُس وقت بھی تو تمھارا دور دورہ تھا جب میں نے تمھیں جاننے بلکہ پہچاننے کی کوشش کی۔ تم تک پہنچنے کے لیے کتنی صلیبوں، کتنی چتاؤں، آگ کے کتنے دریاؤں کو

عبور کیا مگر تم ہر مرتبہ دوسرا کنارہ ہی دکھائی دیے۔"

میں نے خشک زبان ہونٹوں پر پھیری اور ماتھے پر سے پسینے کے سیلاب کو پونچھتے ہوئے دوبارہ گویا ہوا

"___ تمھارے میرے بیچ نور کے دھارے تھے کہ حقیقت کے سراب، اس کا ادراک مجھے آج تک نہ ہو سکا اور ہوتا بھی کیسے؟ تمھارے لیے میرے جذبے جو ابتدا میں آگ تھے اب راکھ ہو چکے ہیں۔ اب تو میں بگولوں کی صورت اُڑتا پھرتا ہوں___ زمین سے تا بہ فلک مٹی کا گردش کرتا ہوا غبار___! اور اپنے ساتھ جانے کتنے خوابوں، کتنے سرابوں کے کچرے اُڑائے پھرتا ہوں۔ میں اپنے آپ کو کہاں سے شروع کروں اور کہاں پہ ختم؟ میری سمجھ میں کچھ نہیں آتا___! محبت کے کیسے کیسے حسین درد میرے مقدر ہوئے!!"

میں نے ایک طویل ٹھنڈا سانس کھینچا۔

"بولو، بولو، بلا تامل بولتے جاؤ___!"

اُدھر سے آواز آئی اور میں پھر گویا ہوا:

"___ وہ دور بھی کیا دور تھا___ کن فیکونی دور___ تمھارے میرے بیچ فاصلہ ہی کتنا تھا، ایک سانس کا___ پلک جھپکنے کا___ یا اس سے بھی کم۔ پھر مجھے میرے ہونے کی خواہش نے اوجِ ثریا سے زمین پر دے مارا۔ مجھے تم سے بچھڑنے کا بے حد دکھ ہوا۔ میں تمھاری تلاش میں مارا مارا پھرتا رہا، پھرتا رہا، نوری سالوں جتنا عرصہ بیت گیا کہ میں نے تمھاری پرچھائیں اپنی ماں کے چہرے پر دیکھ لیں، بس پھر کیا تھا، اُسی کا ہو کے رہ گیا، اُس کا چہرہ ہوتا اور میری آنکھیں۔

ایک روز پتہ ہے کیا ہوا؟ ماں سخت بیمار ہو گئی! یہاں تک کہ اس کی صرف نبض ہی تو

چل رہی تھی اور ___ بس!! مجھے اس خوف نے آلیا کہ ماں مری کہ مری، پھر تمہیں کہاں دیکھوں گا، کس

کے چہرے پہ؟ میں باہر نکل گیا، جنگل کی طرف اور اتنا رویا جتنا کوئی غمِ ہجر اں میں رو سکتا ہے۔ جب میری آنکھوں میں کچھ نہ بچا تو سر جھکائے واپس آگیا۔ مجھے یوں لگا جیسے اماں کی چارپائی دشتِ ماریہ میں پڑی ہو۔ میں نے چارپائی کے گرد دیوانہ وار دوڑنا شروع کر دیا، پتہ نہیں کتنے چکر کاٹے کہ اماں نے ایک دم آنکھیں کھول دیں۔ میری خشک آنکھوں میں پھر سے ہریالی عود کر آئی اور ___ مجھے یوں لگا جیسے کن فیکونی دور پھر سے لوٹ آیا ہو!!"

"پھر ___؟"

"پھر یوں ہوا کہ میرے پاؤں زمین پر جمنے لگے، پھیلنے لگے تو ماں میرے لیے دوسرا کنارہ بنتی گئی۔ اب میرے اور اس کے درمیان خواہشوں کا عفریت آگیا جس نے چھوٹی چھوٹی معصوم خواہشوں کو نگل لیا۔ ماں دوسرے کنارے پر بیٹھی میری واپسی کا انتظار کرتی رہی۔ اس کی آنکھیں میرا بچپنا دیکھنے کے انتظار میں روہی بن گئیں۔ میں ماں تک نہ پہنچ سکا۔ تم تک نہ پہنچ سکا۔"

**

"توکل، قناعت اور درویشانہ استغنا اس شخص میں کوٹ کوٹ کر بھری ہوئی تھی۔ وہ فی الواقع "بابا" تھا اور میرا تو حقیقی بابا۔ وہ دنیاداری کے گورکھ دھندوں کو تمہاری حقیقت تک پہنچنے کی راہ میں رُکاوٹ سمجھتا تھا۔ ان پڑھ صوفی تھا وہ!! اُس نے مجھے کبھی بھی دنیا داری کے متعلق کچھ نہ بتایا، شاید اُسے اس کا علم ہی نہ تھا۔ اس نے تو میری قسمت کی اُنگلی پکڑ کر تقدیر کے راستے پر چلانے اور تمہاری طرف اچھالنے کی بساط بھر کوشش کی۔ جتنا

مجھے وہ اچھالتا اتنا ہی میں اس کی بانہوں میں آ گرتا اور اس کی گردن سے چمٹ جاتا۔ وہ مجھے بھینچتا، پیار کرتا، میرا ماتھا چومتا۔ اس کی یہ درویشانہ وارفتگی مجھے نرگسیّت کا شکار کر گئی۔ وہ مجھ سے بے پناہ محبت کرتا تھا اور میں اماں کو سب کچھ سمجھتا تھا۔ مجھے کیا معلوم تھا کہ تم اس کے ہاں بھی ڈیرہ جمائے ہوئے ہو۔ وہ یہ سب کچھ دیکھتا رہا۔ اس نے مجھے کچھ بھی تو نہ کہا۔ اس کی وارفتگی میں کوئی فرق نہ آیا اور میری نرگسیت امر بیل کی طرح میری شخصیت کے گرد لپٹتی گئی۔"

"ایک دن ہوا یہ کہ میرے اس چاہنے والے ان پڑھ صوفی کی سیاہ آنکھیں سبزی مائل ہوتی گئیں۔ میں نے اُسے پہلی اور آخری بار آواز دی۔ اس آواز میں شاید کوئی کرب انگیز لذت تھی کہ وہ منہ ہی منہ میں بڑبڑایا، مگر اب بہت دیر ہو چکی تھی۔ پھر کیا تھا! تقدیر کے آہنی ہاتھ تھے اور میرا دریدہ دامن ___ اس نے جب مجھے لٹو کی طرح گھمایا اور جھٹکے پہ جھٹکا دیا تو مجھے وہ مستغنی درویش بہت یاد آیا۔ جب تقدیر کی گرفت کچھ ڈھیلی پڑ گئی تو میں اپنے ہونے کے آسیبی سائے میں آ گیا۔ مجھے بابا بھول گیا۔ بابا کیا بھولا مجھے تم بھی بھول گئے۔

**

باجی نے مجھے تم سے ہمکلام ہونا سکھایا۔ پہلے پہل وہ مجھے جھوٹ موٹ کی کہانیاں سنا کر کبھی ہنسا دیتی، کبھی رلا دیتی اور کبھی ڈرا دیتی۔ جب میں سکول میں پڑھتا تھا تو وہ ہر روز عصر کی نماز کے بعد مجھے کہتی:

"آؤ بھولے خدا سے باتیں کریں!"

"تم پڑھتی تو قرآن ہو اور کہتی ہو خدا سے باتیں ہو رہی ہیں۔ یہ خدا ہے کہاں؟"

میں اناپ شناپ سوال کرتا۔

"تمہارے قریب ___ بلکہ قریب تر!!"

"میرے قریب تو تم ہو لیکن تم خدا تو نہیں ہو، تم تو میری بہن ہو، میری اچھی بہن، اماں کے بعد ایک اور چھوٹی اماں، ہے ناں؟"

"تو تو واقعی بھولا ہے، نرا بدھو!!" وہ مجھے چوم لیتی، پھر کہتی:

"آکھ غلام فرید، الف"

"مگر باجی، بلھے شاہ تو کہتا ہے، علموں بس کریں او یار!"

"وہ بلھے شاہ تھے اور تم بھولے ہو۔ تم پہلے "الف" کو پہچانو تو سہی، اس کا ورد وظیفہ تو کرو، اس سے محبت کرو پھر دیکھنا کہ بندے کو بس "الف" ہی درکار ہوتا ہے، بلھے شاہ کے مانند عمر بھر کی فکر کا آخری نتیجہ!!"

"مگر باجی! میں تو تمہیں پہچانتا ہوں، تمہارا ہی ورد وظیفہ مجھے اچھا لگتا ہے اور مجھے محبت بھی تمہی سے ہے۔"

"اوئے، توبہ کرو! میں تو اس کی باندیوں کی بھی باندی ہوں۔"

وہ بھی کیا دن تھے جب باجی اور میں تمہارے متعلق سوچا کرتے تھے۔ باجی بولتی تو میں مبہوت ہو جاتا۔ اس کی آنکھوں سے نور کی کرنیں پھوٹتی تھیں ___ اور وہ نظارہ تو میں کبھی بھی نہیں بھول سکتا ___!!

___ ایک رات باجی اور میں تمہاری باتیں کرتے کرتے سو گئے۔ گہری نیند میں کیا دیکھتا ہوں کہ میں ایک جھولے میں بیٹھا ہوں۔ جھولے کے نیچے رنگ برنگی مخلوق کا ٹھاٹھیں مارتا ہوا سمندر تھا۔ ایکا ایکی کسی نے جھولے کی ڈوریوں کو کھینچ کھانچ کے ایک سرے پر پہنچا دیا اور پھر ہلارا دیا۔ میں رنگ برنگی مخلوق کے اوپر سے اُڑتا ہوا دوسرے سرے پر پہنچ گیا۔ کیسا نظارہ تھا وہ!!

"رات کو میں نے اللہ میاں کے جھولے میں بیٹھ کر دنیا کی سیر کی۔"

**

صبح میں باجی کو رات والے رنگ برنگے خواب کی تفصیل بتا رہا تھا۔

"اللہ میاں کا جھولا؟ ارے! تو تو اللہ لوک بنتا جا رہا ہے بھولے!" باجی نے میری ناک کھینچتے ہوئے کہا۔

"ہاں باجی مجھے اللہ سے ملنے کی بڑی چاہت ہے۔"

باجی اور میری یہ محبت جانے کتنے سمے اور چلتی اور محبت کے بوٹے پر عقیدت اور چاہت کے کتنے گلاب اور کھلتے کہ میرے نہاں خانہ دل میں خود غرضی کی لو چل پڑی یا یوں سمجھ لیجیے کہ باجی اور میرے بیچ لالچ اور لوبھ کا اندھا کنواں آ گیا۔ میں خود غرضی کے اس اندھے کنویں میں جا گرا تو وہیں سے ٹرٹرانا شروع کر دیا۔

"باجی! تم تو اللہ کی باندی ہو، تم نے اپنی جمع پونجی کو کیا کرنا ہے، یہ سب مجھے دے دو، آخر تمہارا چھوٹا بھائی بھی تو ہوں۔"

"بس اتنی سی بات بھولے!"

مارے حیرت کے میری آنکھیں باہر کو ابلنے لگیں۔

"سب باجیاں تو ایسی نہیں ہوتیں مگر میری سمجھ میں نہیں آتا کہ تم کیا ہو؟ کوئی آسمانی مخلوق؟ نہ کوئی لالچ اور نہ کوئی غرض۔ اللہ بس باقی ہوس، ہے نا باجی! "

"کیہہ جاناں میں کون؟"

باجی یہ کہہ کر پھر تم سے باتیں کرنے لگ گئی اور میں نے باجی سے الگ اپنا ایک راستہ اختیار کر لیا۔ اس راستے پہ لالچ اور خود غرضی کے کانٹے ہی کانٹے تھے ناآسودگی کی ایک دلدل تھی جس میں، میں دھنستا چلا گیا اور جب منہ اوپر اٹھایا تو باجی آسمان پر ایک

ستارے کی مانند چمک رہی تھی اور میں اس دلدل میں ناک ناک ڈوب چکا تھا۔

٭٭

تم تک پہنچنے کے لیے اس وقت میں بالکل سنجیدہ تھا تلاش اور وصال کے اس سفر کے دوران ہجر و ملال کی صعوبتوں کا سامنا تھا، اس آبلہ پائی کا بھی کچھ اپنا مزہ تھا تمہاری گرد راہ اور ذرہ بن کر پامال ہونے کا کتنا شوق تھا مجھے !اس راہ میں کتنی دیواروں کے سائے ہاتھ پھیلاتے رہے مگر میرے سر پر تمہارے شوق کی دھوپ تنی رہی اور میں چلتا رہا، چلتا رہا کہ ایکا ایکی پہلا سنگ میل آیا۔

"کیا نام ہے تمہارا؟"زندگی میں پہلی بار ایک لڑکی مجھ سے مخاطب ہوئی۔

"فرہاد !"کالج دور میں مجھے فنونِ لطیفہ کے مشاہیر سے بہت عقیدت ہوا کرتی تھی اور فرہاد بھی تو ایک فنکار ہی تھا دوسرے جنم میں اس نے پھر مجھے مخاطب کرنے میں پہل کرتے ہوئے کہا:

"تصویر لوگے ؟"اصل میں بات اب اشاروں کنائیوں سے تصویریں لینے دینے تک پہنچ ہی چکی تھی۔ میں نے ہونقوں کی مانند سر ہلایا ایک ملائم ہاتھ آگے بڑھا۔ کانپتے ہاتھوں سے میں نے تصویر لی اور جیب میں ڈالی ہی تھی کہ فارس کی گلی کی نکڑ پر ایک پہلوان نما آدمی آن کھڑا ہوا اس نے مونچھوں کو تاؤ دیتے ہوئے کہا:

"چھوکرے ادھر آؤ!"

میں اپنے آپ کو گھسیٹتا ہوا وہاں تک لے گیا۔

"کیا کر رہا تھا ادھر ؟"

"کک۔ کک۔ کچھ نہیں۔ کچھ بھی تو نہیں۔"

میرا سارا رومان بھک سے اڑ گیا۔

"اگر آج کے بعد ادھر نظر آیا تو___ یہ دیکھ ریا اے ناں ؟" اس نے آستین اٹھائی۔ اس کی ٹیبک میں چاقو چمک رہا تھا۔ تیشے کی دھار کی طرح تیز اور چمکدار۔

"ہاں جی___ کبھی نہیں___ کبھی نہیں جی" اور میں اس دنیا میں سے نکل بھاگا اور فِکر کا تیشہ پکڑ لایعنیت کے پہاڑوں سے فلسفہ کی نہر کھودنے میں جت گیا۔ نہر کھد سکی نہ ہی شیریں منزل ملی اور وہ بدہیئت لمبی مونچھوں والا خسرو جس کی ٹیبک میں چمکتا ہوا چاقو اڑسا رہتا اسے شاید کسی شیدے / جیرے ٹائپ شیرویہ نے خنجر بھونک دیا ہو اور شیریں جیت لی ہو مجھے کیا خبر، میں تو خود سرگشتہ خمار رسوم و قیود تھا اور بس___ روشنی مجاز کا یہ پہلا ناکام تجربہ تھا جس سے میری آنکھیں چار ہوئیں۔

**

"شیریں کی یادیں دل میں دفنائے میں بیابانوں میں مارامارا پھرتا تھا۔ شیریں تو نہ مل سکی شاید تم سے ملاقات ہو جاتی۔ فکر کا تیشہ میرے پاس تھا، میرا آخری ہتھیار ! اس سے میں اپنے موجود کی دیواریں منہدم کرنے میں لگ گیا، قریب تھا کہ میرا وجود ڈھے جاتا کہ ایک روز اس بھرے پرے جنگل میں ایک شیریں شکل سے ملاقات ہو گئی۔ تیاگی اور جوگنوں والی مبہم کہانیاں تھیں اس کی آنکھیں۔ میں کئی لمحے تو ان آنکھوں میں جھانکا کیا اور وہ لمحہ تو سال برابر تھا جب میں بڑبڑایا:

"ہیرے!"

اس نے میری طرف دیکھا اور حیرانی سے پوچھا:

"کون ہو تم اور مجھے کیسے جانتے ہو؟"

"میں تو تمہیں جنم جنم سے جانتا ہوں ہیرے ! میں جوگی ہوں اور تن پہ عشق کا بھبھوت مل کر اپنے روگوں کا علاج ڈھونڈتا پھرتا ہوں۔

"ساڈے چم دیاں جتیاں کرے کوئی جیہڑا جیو دا روگ مٹاوندا ای۔"

"دیکھو جوگی! اس راہ پہ تو قدم قدم ہجر کی سولیاں گڑی ہیں، تم کب تلک اپنے آپ کو مصلوب کرتے پھرو گے۔ بہتر ہے واپس چلے جاؤ جہاں سے تم چلے تھے۔"

"وہاں کون ہے میرا؟ اپنی تلاش میں تو صرف میں ہی میں ہوں"

ہیر نے خاموشی اختیار کر لی___ دلبرانہ خاموشی۔ اس سے پہلے کہ میں روشن حقیقت تک پہنچتا اسی اثناء میں ایک لنگڑا جٹ اس کے اور میرے بیچ آن کھڑا ہوا___ ایک تیسرا کردار۔ اس نے مجھے دھکے دے کر دشتِ حقیقت سے باہر نکال دیا۔ میں ایک بار پھر تنہا رہ گیا۔ اب تو بھٹکنا میرا پیشہ بن گیا۔ محض ایک چلتی پھرتی لاش۔ مجھے تن بدن کا کوئی ہوش نہ رہا، میں وقت کی حدود سے آگے نکل گیا تھا کہ ایک روز مجھے پلٹنا پڑا۔ میں نے ہیر کو دنیا کے راستے پر اپنے بچوں کے ساتھ آتا دیکھ لیا تھا۔ میری ہڈیوں میں سے پھر سے جوگی جھنجھنا اٹھا۔

"تم نے اس کانے سیدے کھیڑے سے بیاہ رچا کر اپنی نسل ہی خراب کر ڈالی ہیرے۔"

وہ پہلے تو خاموش رہی پھر سرد آہ کھینچ کر بولی۔

"تقدیر اللہ دی نوں کون موڑے تقدیر پہاڑاں نوں پٹ دی اے۔"

"تم نے تقدیر پہ راضی برضا ہونا کہاں سے سیکھ لیا۔"

"مرشد نے سکھایا۔"

"مرشد___؟ کون مرشد؟"

"عشق!___ تم عشق کو مرشد بنالو تمہارے ذہن کے تالے بھی کھل جائیں گے۔"

میں نے ہیر کی نصیحت کو پلے باندھ لیا اور مرشد کی تلاش میں نکل کھڑا ہوا۔ میں

ٹامک ٹوئیاں مارتا رہا۔ کبھی یہاں کبھی وہاں۔ میں کہاں کہاں سے نہ گزرا کہ ایک دن ایک بابے کے پاس جا پہنچا۔ وہ ظہر کی نماز پڑھ کر مسجد سے نکل رہا تھا، لوگ اس کے پاؤں پڑتے جا رہے تھے اور وہ انہیں ہٹاتا اپنا راستہ بناتا حجرے میں داخل ہوا اور دروازہ بند ہو گیا۔ میں دروازے پر دوسرے لوگوں کی طرح اس امید پر کھڑا ہو گیا کہ شاید در کھلے مگر دروازہ بدستور بند رہا۔ لوگ آہستہ آہستہ بکھرنے لگے۔ اب میں ہی میں رہ گیا تھا۔ میں نے دربان کے پاؤں پکڑ لیے اور ہاتھ جوڑ کر کہا:

"دیکھو ایک بار ___ صرف ایک بار مجھے ان سے ملنے دو ___ پھر کبھی نہیں۔"

دربان نے خونخوار نظروں سے مجھے دیکھا اور میری گردن کو پکڑ کر اتنے زور سے دھکا دیا کہ میں بہت آگے جا گرا۔ سر اوپر اٹھایا تو بابا جی اپنے قدموں سے مجھے اٹھا رہے تھے۔

"کیا لینے آئے ہو یہاں؟"

"آپ کو تو سب کچھ معلوم ہے سرکار۔"

"اچھا اچھا۔ ہر وقت "الف" کا ورد و ظیفہ کیا کرو، بس یہی تمہارا اسم اعظم ہے۔ اب جاؤ شاباش۔" بابا نے میری پشت تھپتھپائی اور میں آنکھیں پونچھتا ہوا باہر نکل آیا۔

باہر تو کچھ بھی نہیں بدلا تھا۔ سب کچھ ویسے کا ویسا ہی تھا۔ میرے من میں الاؤ دہک رہے تھے۔ آگ ٹھنڈی پڑنے کے بجائے اور بھڑک اٹھی تھی۔ کئی رتیں بدل گئیں کہ کئی قرن، مجھے نہیں معلوم۔ میں تو بابا جی سے پھر ملنا چاہتا تھا کہ ایک دن کسی نے بتایا کہ بابا جی تو روپوش ہو گئے ہیں۔ میرے من کی آگ اور تیز ہو گئی۔ الاؤ بجھنے کی کوئی صورت نہیں بن پا رہی تھی۔ میں نے اپنی گدڑی سنبھالی اور ایک اور "بابے" کے ٹھکانے پر پہنچ گیا، اس کے چاہنے والوں کا ایک جم غفیر تھا جو گردنیں جھکائے دل کے آئینے میں اس کی

تصویر دیکھ رہا تھا۔ میں نے بھی گردن جھکالی، جب میرے اندر کے آئینے میں کوئی تصویر نہ ابھری تو میں وہاں سے اٹھ آیا۔ رات اب بھیگ چلی تھی۔ میرا سر بھاری ہونے لگا۔ میں دبے پاؤں ایک مسجد میں گھس گیا اور کھردری چٹائی پر یوں لیٹ گیا جیسے ماں کی گود ہو۔ میں پہلو پہ پہلو بدل رہا تھا اور مجھے اپنے آپ پر ترس آرہا تھا۔ "کیا ملا مجھے تیری تلاش میں ؟___گرد___غبار___آہیں___ہجر کی سولیاں___یہی نا"___پھر میرے سامنے تمام مناظر غائب ہونے لگے اور ایک بلند تر اور حسین تر منظر میری آنکھوں کے سامنے آگیا۔

"کیا دیکھتا ہوں کہ میں مسجدِ نبوی کے ستونوں میں سے گزرتا ہوا آگے جارہا ہوں آگے ہی آگے۔ میرے ساتھ باجی اور اماں ہیں اور میں انہیں بتارہا ہوں:

"باجی یہ ہے عشاق کی جنت، کعبے کا کعبہ اور وہ ٹھہرا کعبہ !___ایک لمحہ میں کعبہ میرے سامنے تھا۔"

"وہ ہے مقام ابراہیم۔ باجی دیکھ رہی ہو نا۔"

"ہاں بھولے!"

"اور تم، اماں"

"میں تو گرتی دیوار ہوں۔ دیوار کو کیا معلوم ؟"

"دیکھو اماں! ہم بھی کتنے خوش قسمت ہیں جیتے جی یہ سب کچھ دیکھ لیا۔ ہے نا اماں!"

"ہاں بیٹا!"

"اب چلیں ادھر جنت البقیع___وہ ہے جگر گوشہ رسول ﷺ کا مقدس گھر اور وہ___وہ اماں، مجھ سے پڑھا نہیں جارہا۔ آگے چل کر دیکھتا ہوں۔" میں بقیع کے دروازے پر بیٹھ گیا۔

"اُٹھ جا گھراڑے مارناہیں۔" کسی نے میرے کندھے پر ہاتھ رکھ کر جھنجھوڑا، میں سمجھا بُلھے شاہ مجھے بیدار کررہے ہیں مگر وہ تو مسجد کا متولی تھا۔

"کاش یوں ہی سوتے سوتے مرجاتا" میری آنکھیں ابھی تک مقدس دھند میں لپٹی ہوئی تھیں۔

"کہیں اور جامرو۔ یہ مسجد ہے کوئی مسافر خانہ تھوڑا ہے۔ چلو اٹھو، نماز کا وقت ہو گیا ہے۔"

"نماز؟___ اچھا اچھا نماز!___ اُٹھ فرید استیاوضو ساز نماز گزار___ ٹھیک ہے جی، نماز پڑھتا ہوں۔"

اور میں وضو کر کے نماز پڑھنے میں مصروف ہو گیا۔

"___ اہدنا الصراط المستقیم___ "میرے ہونٹ ہلنے لگے اور میں بہت دور نکل گیا۔ وہاں___ جہاں سے چلا تھا۔

"___ صراط الذین انعمت علیہم___"

"ریاکار مت بنو۔ جو ہو وہی نظر آیا کرو۔" میرا ہمزاد مجھ سے کہہ رہا تھا۔

"میرا تو وجود ہی نہیں پھر ریاکاری کیسی، بس تم ہی تم تو ہو۔"

"جھوٹے کہیں کے۔"

"میں جھوٹ تو نہیں بول رہا۔ جب سے تو نے مجھے دیوانہ بنا رکھا ہے___"

"اچھا، اچھا رہنے دو یہ شاعری وائری___"

"___ السلام علیکم ورحمۃ اللہ___ السلام علیکم ورحمۃ اللہ___ دائیں بائیں مسجد کی خاموش دیواریں کھڑی تھیں۔

**

"ٹھہرو یار___!"

"کیا ہوا؟ میرے دوست نے ایک دم کار کو بریک لگائی۔"

"وہ سوہنی جارہی ہے___"

"سوہنی؟___کون سوہنی؟"

"یار وہی سوہنی___کمہارن گجرات والی اور کون؟"

"عقل کے ناخن لو۔ اس بازار میں سوہنی کمہارن کہاں سے آگئی؟" میرے دوست نے اپنا سر پکڑ لیا۔

"یار میں نے اپنی آنکھوں سے اسے اس گلی میں جاتے دیکھا ہے۔ بس اس کنارے سے ہی اسے دیکھ کر واپس آتا ہوں۔"

"اچھا جاؤ۔ مل آؤ مہینوال صاحب اپنی سوہنی سے، میں ادھر ہوں"

اور میں تیز تیز قدم اٹھاتا سوہنی کے پیچھے ہو لیا۔ ایک گلی، دوسری، تیسری، پھر گلی سے اور گلی اور پھر بند گلی۔ میں واپس آگیا۔

"مل آئے؟"

میرے دوست نے اُکتائے ہوئے لہجے میں پوچھا۔

"نہیں یار! وہاں تو گلیوں کی بھول بھلّیاں تھیں۔ دوسرا کنارہ تو تھا ہی نہیں اور پھر کچا گھڑا ابھی تو کہیں نظر نہیں آیا۔ پتہ ہے تمہیں، وہ مجھے سرِ راہ ملی تھی اور میرے اندر ایک روشن بستی بسا کر اب ایک بند گلی میں گم ہو گئی ہے۔"

"پھر___؟"

"پھر کیا، میں کیسے انتظار کرتا اور کس کا؟ سو واپس چلا آیا۔"

"لعنت ہے تم پر اور ساتھ تمہارے اس دقیانوسی عشق پر___چلو اب واپس چلیں

شوکا ٹائم تو اب گیا۔"

"چلو۔"

"اچھا میں تمہیں ایک اور کہانی سناتا ہوں، فلمی کہانیوں سے بڑھ کر۔" میں اپنے دوست کی بوریت دور کرنا چاہتا تھا۔

"ہاں بھئی بڑھاؤ میرے سر کا درد۔ سناؤ جی کلاسیکل عاشق صاحب کوئی پرانی کہانی نئے لفظوں میں"

"ناں صاحب! لفظ تو لفظ ہوتے ہیں۔ نئے نہ پرانے جیسے محبت کا لفظ۔ لفظ تو لازوال ہوتے ہیں مگر اس کے برتنے والے انہیں چاہیں تو پامال کر دیں، چاہیں تو ان کی لاج رکھ لیں۔"

"جناب آپ کوئی واردات عشق سنا رہے تھے۔" میرے دوست نے گویا لہو کے گھونٹ پی کر مجھے یاد دلایا۔

"یہ لفظ ہی تو تھے۔ میں نے اس کے لفظوں کا اعتبار کیا اور اس نے ان کو پامال کر دیا۔"

"کس نے؟"

"صاحباں نے۔"

"یہ کون ذات شریف تھی؟"

"پڑھتی تھی۔"

"کہاں؟"

"مکتب عشق میں۔"

"پھر____"

"پھر میں نے اُسے محبت کے باب کی تشریح و توضیح بتائی تو وہ گویا میری علمیت کی قائل ہو گئی۔"

ایک روز میں نے اس سے کہا:

"دیکھو صاحباں! اگر تم محبت کے سلسلے میں کسی تذبذب کا شکار ہو تو آؤ تمہیں اس کے حق الیقین کا نظارہ کرادوں۔ تم اپنی آنکھوں سے وہ سب کچھ دیکھو گی جو تمہیں نظر نہیں آتا۔ تم معرفت کی منزل کے چرن چھو لو گی۔"

"کیا کرنا پڑے گا مجھے؟" اس نے دلچسپی سے پوچھا۔

"چاند کے پار جانا ہو گا"

"چاند کے پار؟"

"ہاں صاحباں! چاند کے پار۔"

"تو ٹھیک ہے لے چلو___!"

وہ ایک دم تیار ہو گئی اور میں اسے جذبوں کی بکی پر سوار کرا کے ہوا سے باتیں کرنے لگا۔ میں نے پیچھے مڑ کر کئی بار دیکھا مگر پیچھے تو غبار ہی غبار تھا۔ گرد ہی گرد، بگولے، اور آگے___ آگے دودھیا سراب کا ایک نہ پاٹنے والا دریا تھا۔ میں خود تو گرتا پڑتا تھا سراب کے اس دشت سے گزر جاتا مگر صاحباں میرے ساتھ تھی۔ وہ اب تھک گئی تھی یا شاید مجھے یوں دکھائی دے رہا تھا۔

"ہم چاند سے بھی آگے نکل آئے ہیں مرزے یار! تھوڑی دیر سستا لیں۔" اس نے تھکے تھکے لہجے میں کہا۔ میں نے اس کی بات مان کر یقین کا ترکش ایک طرف ڈال جذبوں کی بکی کو کھلا چھوڑ دیا اور خود سستانے کے لیے لیٹ گیا۔ جب بیدار ہوا تو بگولے مجھ سے آگے نکل چکے تھے۔ گھوڑوں کی ٹاپوں سے چاند کا چہرہ زخمی ہو گیا تھا۔ میرا ترکش خالی پڑا

تھا اور ہوا ہونے والی بکی لولی لنگڑی ہو گئی تھی اور صاحباں ___ اس نے میرے ٹوٹے پھوٹے لفظوں کا اعتبار نہ کیا۔ ادھر گھوڑوں کے بڑھتے ہوئے طوفان سے شک کے تیروں کی بارش برسنے لگی۔ میں لہو لہان ہو چلا تھا۔ جب مطلع صاف ہوا تو کمین گاہ کی طرف جو دیکھا تو وہ اس کے بھائی تھے، کوئی خان شمیر، کوئی کچھ، کوئی کچھ ___

"کاش صاحباں تم میری عمر بھر کی کمائی، میرے لفظوں، میرے جگر گوشوں کو یوں پامال نہ کرتیں، اے کاش!"

"یار تمھیں کوئی سسی وسی نہیں ملی۔ ایک وہی تو رہتی ہے، باقی عشقوں کے رونے تو تم رو چکے۔" میرے دوست نے طنز کا آخری تیر چلایا۔

"سسی ___؟"

"سسی دراصل میرے قبیلے کا ایک فرد ہے۔ میری طرح ہجر زدہ۔ محبت کی پیاسی۔ محبوب کے نقش کف پا پر آخری سجدہ کرنے کی خواہش دل میں لے کر مر جانے والی ___ اس کے اور اس کے محبوب کے درمیان کچھ شتربان اور ایک بڑا دشت آیا تھا شتربان تو اپنی روایات کی آگ میں جل مرے اور دشت ___ ایک قدم ہی میں طے ہو گیا۔ کاش میں سسی ہوتا! محبوب کے نقش کف پا کو پلکوں سے چومنے والا ایک لازوال رومانی کردار۔"

**

میں نے پھر ایک طویل سرد آہ بھری اور کہا ___

"___ ہاں تو میں کہہ رہا تھا کہ روشنی مجاز کی آخری جھلک مجھے شادی کے ایک ہلے گلے میں دکھائی دی۔ دوسرے گاؤں میں اونٹوں پر بارات جانے والی تھی اور لڑکیاں شتربانوں کی منتیں کر رہی تھیں کہ انہیں مہاری (اونٹوں کی قطار میں پہلا اونٹ) پر جگہ

دی جائے۔ اسی رولے رپے میں مجھے ایک معصوم کتابی چہرہ نظر آیا۔ عجب چمک اور متانت تھی اس کے چہرے پہ، میں اس کی طرف کھنچتا چلا گیا اور زندگی میں پہلی مرتبہ اپنی تمام قوتِ گویائی جمع کر کے اس سے پوچھا:

"تم کون ہو اجنبی لڑکی؟"

پہلے تو اس نے مجھے گھورا پھر میرا کھنڈر چہرہ دیکھ کر اسے شاید رحم آگیا۔

"شالاط"

"شالاط ___؟"

"اور تم ___؟"

"میں مجید ہوں ___ مجید امجد!"

"تم بھی مہاری پر سواری کرنا چاہتی ہو؟"

"بس ایسے ہی شوق آوارگی نے جوش مارا ___ اچھا کل ملیں گے۔" یہ کہہ کر وہ کونجوں کی ڈار میں گم ہو گئی

"کل ___ اچھا، کل ___ کل آئے گا کیا؟" میں اسے دیکھتا رہا اور بڑبڑاتا رہا۔

دوسرے دن شالاط نے مجھے اپنی میزبان کے گھر کے دروازے پر کھڑے ہو کر تقریبِ ملاقات کا اشارہ کیا اور میں دوسرا سانس لینے سے پہلے وہاں پہنچ چکا تھا۔

"سنا ہے مجید امجد کہ آپ بہت بڑے شاعر ہیں!" اس نے ایک نفیس سی بیاض نکال کر میری طرف بڑھا دی۔

"بہت ___ بڑا ___ شاعر ___ ہونہہ!"

اور میں نے شالاط کی بیاض پر، جو بالکل خالی تھی، لکھا

میں اجنبی، میں بے نشاں

میں پا بہ گل

نہ رفعت مقام ہے نہ شہرت دوام ہے

یہ لوحِ دل، یہ لوحِ دل

نہ اس پہ کوئی نقش ہے نہ اس پہ کوئی نام ہے۔

"بہت خوب امجد صاحب !اس نے ایک نظر نظم پر ڈالی "واقعی آپ کی شاعری آپ کی شخصیت سے بھی بلند ہے۔ ایک وقت ایسا آئے گا امجد صاحب جب آپ کی عظیم شاعری کو آپ کی شخصیت کے کھنڈر سے دریافت کیا جائے گا پر کیا فائدہ اس وقت____؟"

"ایسے ہی ہوتا آیا ہے اور ہوتا رہے گا۔"

"شالاط اور میرے درمیان۔ راز ہائے درون خانہ، پر اتنی گفتگو ہوئی کہ زندگی کے باقی لمحات (اگرچہ وہ زندگی پر ہی تہمت تھے) اسی گفتگو کے سہارے گزرے۔ میں اسے ایک معزز مہمان کے طور پر پریم نگر کے آخری کنارے تک چھوڑنے گیا۔ اس کے چلے جانے کے بعد ہر سو شر ربرس گئے۔ میری راتیں ترائیوں کی تہوں میں لڑھک گئیں اور دن دلدلوں میں دھنس گئے، راہیں دھوئیں سے بھر گئیں اور قرنوں کے رخ جھلس گئے۔ میں کئی بار ان راہوں سے گزرا جن پر چل کر شالاط کی معیت میں، میں نے زندگی کو ایک نئے زاویئے، نئے روپ میں دیکھا مگر اب وہاں کچھ نہیں تھا، سراب تک نہیں۔ میری تشنہ نگاہوں نے تجھے بہت صدائیں دیں شالاط !کیا خبر تو نے پلٹ کر مجھے دیکھا ہو مگر میں عمر بھر یوں ہی اپنی طرف دیکھتے دیکھتے تجھے دیکھتا رہا، دیکھتا رہا اور بالآخر مر گیا۔"

**

اور میں خاموش ہو گیا____

"مگر یہ کسی آرٹس کونسل کا ہال یا کسی ٹی۔ہاؤس کا کمرہ نہیں کہ تم افسانہ سنا کر واہ واہ سمیٹتے چلتے بنو۔ یہ میدان میزان ہے، کوئی دفتر عمل ہے تو وہ پیش کرو" وہی رُعب دار آواز پھر گونجی۔

"میرے حیات کے مالک!"

میرے ایک پلڑے میں میری ماں کی بنجر آنکھیں، اپنے ان پڑھ فلسفی بابا کی وارفتگی کی عطا کی ہوئی نرگسیّت، باجی سے ہتھیائی ہوئی جمع پونجی، کچھ پرویزی حیلے، متکبر دربانوں اور متولیوں کی جھڑکیں، بند گلیوں کے سناٹے، کچھ خان شمیروں کے شک کے تیر اور منوں کے حساب سے طعن و طنز اور ایک لامتناہی دشتِ ہجر___ جبکہ میرے دوسرے پلڑے میں کچھ پھول پھول خواب، بیکسی کے کچے گھڑے، جفا کے تیر اور تشنہ نگاہوں کے بین ہیں اور بس___ اب فیصلہ آپ پر ٹھہرا۔" میں نے لجاجت سے کہا۔

"لے جاؤ اس باتونی اور چرب زبان کو اور بھڑکتے ہوئے شعلوں کے حوالے کر دو، ایسے لوگوں کا یہی ٹھکانا ہے۔"

دیکھتے ہی دیکھتے کئی آہنی ہاتھوں نے مجھے جکڑ لیا اور گھسیٹے ہوئے بھڑکتے شعلوں کی طرف بڑھنے لگے۔ میرے وجود کے انگ انگ سے ہیبت ناک آوازیں گونج رہی تھی: جھوٹا___ مکار___ ریا کار___ دغا باز___ کمینہ___چغل خور___ لالچی___خوشامدی___ خود غرض___ سازشی___ چور___ لٹیرا، چرب زبان___!!!"

آوازیں آپس میں گڈمڈ ہو رہی تھیں۔

میری زبان سوکھ کر لکڑی بن چکی تھی، میرے پاس کہنے کو اب کچھ نہیں رہا تھا، میری آنکھیں پتھر ہو گئیں تھیں، میرے سامنے آگ ہی آگ تھی___ بھڑکتی اور دہکتی

ہوئی آگ ___ جو میرے اور زیادہ قریب آگئی تھی بلکہ میں اس کے قریب پہنچا دیا گیا تھا اس سے پہلے کہ مجھے اس شعلہ بار آگ میں جھونک دیا جاتا ادھر سے ایک آواز آئی:

"ٹھہرو___!"

اس آواز میں ستر ماؤں کے پیار کی سی ملائمت اور ٹھنڈک تھی اور ادھر کوئی میرے کان میں کہہ رہا تھا

"الصلوٰۃ خیر من النوم۔"

***

کہانی کی تلاش میں

اپنی صحافیانہ زندگی میں پہلی بار مجھے اپنے کالم کے لیے موضوع کی پیاس محسوس ہوئی تو میں کہانی کی تلاش میں نکل کھڑا ہوا۔۔۔ میں چلتا رہا۔۔۔ چلتا رہا۔۔۔ حتیٰ کہ صدیاں بیت گئیں، لیکن سفر تھا کہ ختم ہونے کا نام ہی نہیں لیتا تھا۔ پھر ایکا ایکی یوں ہوا کہ سفر ختم ہو گیا اور میں شہر کے چوک میں پہنچ گیا، جہاں بہت گہما گہمی تھی۔ یوں محسوس ہوتا تھا جیسے شہر کا شہر چوک میں اُمڈ آیا ہو۔ میں نے ایک آدمی سے پوچھا کہ شہر یہاں اتنی بھیڑ کیوں ہے؟

"تمہیں نہیں معلوم؟"

اس نے آنکھیں جھپکاتے ہوئے حیرانی سے میری طرف دیکھا۔ "مجھے تو کسی بات کا علم نہیں۔"

"چار درندوں نے گیارہ برس کی ایک معصوم بچی پر اتنا ظلم ڈھایا کہ وہ مر گئی۔ انہوں نے اپنی بربریت چھپانے کے لیے اسے ایک اندھے کنویں میں پھینک دیا۔ پولیس قاتلوں کو تلاش کرنے میں ابھی تک ناکام ہے۔"

میں نے آسمان کی طرف دیکھا لیکن سورج ابھی تک سوا نیزے پہ نہیں آیا تھا۔

"لیکن یہ اتنے لوگ؟"

"یہ اس سفاکی پر اپنے غم و غصے کا اظہار کر رہے ہیں۔"

"کیا غم و غصے سے دکھ کا مداوا ہو جاتا ہے؟"

میں نے حیرانی کے عالم میں ایک اور آدمی کی طرف دیکھا تو وہ ہنس پڑا، اس نے ایک ہاتھ سے اپنے تہبند کو پکڑ رکھا تھا اور دوسرے ہاتھ سے تنکے چن رہا تھا، مجھے حیران دیکھ کر کہنے لگا:

"آگ کا تو کام ہی جلانا ہوتا ہے؟"

**

"کہانی مل گئی ہے۔۔۔!"

یہ سوچ کر میں واپس جانا چاہتا تھا کہ دور سے مجھے ایک شناسا چہرہ نظر آیا۔ کوئی پچّیس تیس برس کی ایک خاتون اپنے دو بیٹوں کے ساتھ کھڑی شاید کسی کا انتظار کر رہی تھی۔ میں جب اس کے قریب سے گزرا تو مجھے پہلے والی کہانی بھول گئی۔ اس نے کئی برس پہلے مجھے اسی چوک کے ایک ہوٹل میں کہا تھا کہ محبت کا مطلب یہ ہر گز نہیں کہ آدمی جسمانی ضروریات کا غلام بن کر رہ جائے۔ روح کی خوشی سے بڑھ کر کوئی اور خوشی نہیں ہو سکتی اور میری روحانی خوشی اس میں ہے کہ تم اس سے شادی کرنا، جو تمہیں سب سے زیادہ چاہتا ہو، نہ کہ اس سے جسے تم سب سے زیادہ چاہتے ہو۔"

"۔۔۔لیکن کیا یہ فلسفہ تم پر لاگو نہیں ہوتا؟"

"نہیں میری بات اور ہے۔"۔۔۔اور میں خاموش رہا۔

آج جب وہ اچانک ملی تو میرے ذہن میں ایک ہی سوال باقی رہ گیا تھا، میں اس سے پوچھنا چاہتا تھا کہ:

"کیا مجھ سے بڑھ کر تمہیں اور کوئی چاہنے والا مل گیا؟"

لیکن میں یہ سوال پوچھ نہ سکا، کیونکہ اسے سب سے زیادہ چاہنے والا اس کے پیچھے کھڑا تھا۔۔۔ہاں۔۔۔ایک بات ضرور تھی، اس کی آنکھوں میں ایک جواب چھپا ہوا تھا:

"میری بات اور ہے۔"۔۔۔اور میں آگے چل دیا۔

محبت ہوا کا تازہ جھونکا ہوا کرتی ہے۔۔۔!

* *

"کیا محبت کہانی بھی ہو سکتی ہے۔۔۔؟"

میں یہی سوچتا سوچتا چلتا رہا، تلاش کرتا رہا۔۔۔برسوں کے سفر کے بعد جب تھک گیا تو برگد کے ایک پیڑ کے نیچے جا بیٹھا۔

"پریم کی خاطر تو دنیا بنائی گئی ہے۔۔۔بس اسی کا الکھ جگائے رکھو!"

ایک جوگی اپنے چیلے کو صوف کے رموز سے آگاہ کر رہا تھا:

"کچھ حاصل کرنا چاہتے ہو تو "میں" کو منج کی طرح کوٹو، پہلے اپنا آپ تلاش کرو، تب حقیقت ملے گی۔۔۔!انسان کیا ہے؟۔۔۔خاک کا پتلا، گھگھو گھوڑا، گوشت کا لوتھڑا، سراب، دھوکا، فریب، کچھ بھی تو نہیں۔۔۔!!مٹی کی حقیقت ہی کیا ہے؟۔۔۔کیا کہانی ہو سکتی ہے مٹی کی؟"

جب جوگی کی نظر مجھ پر پڑی تو دڑوٹ گیا اور اس نے عشق کا خلاصہ جان بوجھ کر نہ کھولا۔

کیا واقعی مٹی کی کوئی حقیقت نہیں ہوتی اور یہ کہ محبت کہانی نہیں بن سکتی؟؟

لیکن مٹی بے حقیقت تو نہیں ہوتی، یہ سوچ کر میں آگے چل دیا۔

* *

اصل میں کہانی تو میں نے کب کی تلاش کر لی تھی لیکن اب میں ایسے ہی آوارہ گردی کر رہا تھا۔ میں چاہتا تھا کہ کہانی میری روح کی گہرائیوں میں اُتر جائے لیکن روح کے کسی خانے سے ایک ہوک سی اُٹھتی کہ کہانی ابھی مکمل نہیں ہوئی۔ کیسے نہیں ہوئی۔۔۔یہ

مجھے معلوم نہیں تھا۔

سامنے ایک ہال پر فلسفے کی کسی کتاب کی تقریبِ رونمائی کا اشتہار لگا ہوا تھا۔ میں خاموشی سے ہال میں داخل ہو گیا۔ ایک نقاد کہہ رہا تھا:

"زندگی فلسفہ ہے اور فلسفہ زندگی۔۔۔ زندگی کیا ہے، یہ کہاں سے شروع ہوتی ہے اور کہاں پہ جا کر ختم ہوتی ہے؟؟؟۔۔۔ کون جانے! جاننے والے بہت دور بستے ہیں اور بہت نزدیک بھی۔۔۔ انسان تمام عمر ایک ہی سفر میں گزار دیتا ہے، کولہو کے بیل کی طرح ایک ہی چکر پر چلتا رہتا ہے۔ جب زندگی کا سراغ پاتا ہے تو حیران رہ جاتا ہے کیونکہ جہاں سے وہ چلا تھا، وہاں ہی پہنچ کر زندگی اختتام پذیر ہوتی ہے۔۔۔ یہ ہوئی زندگی، لیکن فلسفہ کیا ہوا؟۔۔۔ فلسفہ بجائے خود زندگی ہے، دل دریا ہے جو سمندر سے بھی گہرا ہے۔ فلسفہ پانی ہے جس کی قسمت میں ہمیشہ کا سفر لکھا ہوا ہے۔ فلسفے کی ابتدا بھی سمندر ہے اور انتہا بھی سمندر۔ فلسفہ بادل ہے، پہاڑ ہیں، ندی نالے ہیں، حسین مناظر ہیں۔ فلسفہ سب کچھ ہے۔۔۔ فلسفہ کچھ بھی نہیں۔"

دانشور کی باتیں جب میری سمجھ سے بالاتر ہونے لگیں تو میں ہال سے باہر نکل آیا اور مجھے یوں محسوس ہوا جیسے میری روح کی حسرت ختم ہو گئی ہو۔ اس کا مطلب تو یہ تھا کہ کہانی مکمل ہو گئی تھی۔۔۔ شاید۔۔۔ مجھے کیا پتہ؟ میں تو تھک گیا تھا۔۔۔ ٹوٹ پھوٹ گیا تھا۔۔۔ بکھر گیا تھا۔ اسی حالت میں، مَیں گھر پہنچ گیا جہاں سے کہانی کی تلاش میں نکلا تھا۔

"کہاں گیا تھا؟"۔۔۔ اماں نے مجھ سے پوچھا۔

"کہانی کی تلاش میں!"۔۔۔ میں نے سوتے جاگتے کی کیفیت میں جواب دیا۔

"تمہاری طبیعت آج پھر ٹھیک نہیں۔۔۔ تمہیں کتنی بار کہا ہے کہ دھوپ میں نہ چلا کرو!"

لیکن مجھے تو نیند آگئی تھی، پر کوئی میرے کانوں میں اونچی آواز میں کہہ رہا تھا:
"آگ، ہوا، مٹی اور پانی سے بنا ہوا انسان ہی تو اصل میں کہانی ہوتا ہے۔"
اچانک میری آنکھ کھل گئی۔

* * *

شاید۔۔۔!

اس دنیا کے بیشتر انسانوں کے مقدر کی طرح کی وہ بھی ایک گہری سیاہ رات تھی۔ باہر کے اندھیرے نے بلندی اور پستی کے فرق کو مٹا دیا تھا، جب کہ اندر کی روشنی اتنی مدھم تھی کہ اپنا آپ بھی اس میں کم کم سُجھائی دیتا تھا۔ اندھیرا۔۔۔ جو لمحہ روشنی کو قتل کرکے ظلمت کی سلطنت کا بے تاج بادشاہ ٹھہرتا ہے، اسی اندھیرے کی سیاہ دھند میں لپٹا، وہ اپنے آپ کو ٹٹولتا، اِدھر اُدھر دیکھتا چلا جارہا تھا۔

اُس نے بھی تو یہی سیاہ چادر اوڑھنے کے لئے دن کے کتنے پہروں کو ہلاک کیا تھا تب جا کے کہیں رات نے اپنی باہیں وا کی تھیں۔۔۔ اور پھر بالآخر وہ اس دروازے تک پہنچنے میں کامیاب ہوا جہاں پہلے سے ہی دو ہیولے کھڑے اس کا انتظار کر رہے تھے۔

کوئی یونہی کسی در پہ دستک دینے نہیں پہنچ جاتا۔ جذبوں کی کوئی کششِ ثقل، کوئی مقناطیسیت، طالب اور مطلوب کے درمیان ضرور کارفرما ہوتی ہے اور یوں بھی کسی عورت اور مرد کے مابین محبت اور جذباتیت کا جو رشتہ استوار ہوتا ہے اس کے پیچھے دونوں کی معروضی اور داخلی شخصیّت کی ترتیب اور فکری ہم آہنگی کی طاقت ہی تو کام کر رہی ہوتی ہے، یہی طاقت دلچسپی کی راہ سے گزرتی ہوئی تقریبِ ملاقات پہ منتج ہوتی ہے۔ ہجر اور گیان کی ماری دو پیاسی روحیں جب یک جا ہو جائیں تو وہ اپنی تشنگی کی تطہیر کیسے کرتی ہیں ؟ بس یہی ایک روشن واقعہ تھا جو اس اندھیری رات کے بطن میں ایک مردہ بچے کی طرح اٹک کر رہ گیا تھا۔

"آجاؤ!" دروازے میں کھڑے ایک ہیولے کی سسکی اُبھری۔

"ادھر بیٹھو!" دوسری سسکی اُبھری۔

وہ خاموش تھا۔ اپنی متاہلانہ زندگی کی طرح۔

"دیکھو کیسا معرکہ سر ہو گیا!" ایک ہیولے نے دوسرے کو چھیڑتے ہوئے کہا۔

"اچھا تم دونوں بیٹھو، میں تمہارے لئے پانی وانی لاتی ہوں۔"۔۔۔اور ایک ہولا دور ہوتا گیا۔

"یہاں بیٹھو۔۔۔ادھر۔۔۔میرے پاس!"

وہ مشینی انسان کی طرح اُٹھا جیسے اس کا ریموٹ کنٹرول اس ہیولے کے ہاتھ میں ہو، اور اس کے قریب جا کے بیٹھ گیا۔ دوسرے کمرے سے معمولی سی روشنی نیم وا دروازے سے چھن کر اندر آ رہی تھی۔ اس نے غور سے اسے دیکھا۔ "مونا لیزا۔۔۔سوہنی۔۔۔ہیر!!!" اس نے دل ہی دل میں سوچا اور کمرے کی دیوار کو غور سے دیکھنے لگا۔ دیواری گھڑی پر دس بج رہے تھے۔

"کیا سوچ رہے ہو؟"

"تمہیں۔۔۔!"

"ڈائیلاگ؟"

"نو۔۔۔بائی گاڈ نو!"

"کمال ہے!"-----ایک شادی شدہ انٹلیکچول جوڑا ایک دوسرے سے محو گفتگو تھا جو یونیورسٹی کے ہم جماعت تھے۔ اتنے میں دوسرا ہیولا کوک لے کر آیا اور ان دونوں کے قریب ہی بیٹھ گیا۔

"پیو!"

اور وہ ایک ہی سانس میں کوک کی بوتل چڑھا گیا۔

"بہت پیاس تھی کیا؟"

"پیاس؟۔۔۔ بُجھی کب ہے! سمندر بھی اگر میرے اندر گرے تب بھی شاید نہ بُجھے۔"

"بھئی اپنی سمجھ سے تو بالاتر ہے آپ کا یہ عارفانہ کلام۔" دوسرے ہیولے نے کندھے اچکائے اور خالی بوتل واپس لے کر چلی گئی۔

"کیا فِگر ہے یہ بھی!"

"کون سا؟"

"یہی تمہاری پردہ پوش خاتون، رازدار کا۔۔۔ ہیروئن کا مددگار کریکٹر۔۔۔!"

"تمہارا اس کریکٹر سے کوئی تعلق نہیں بنتا کیا؟"

"میری تو محسنہ ہے محسنہ! یہ نہ ہوتیں تو جُگوں پہ یہ بھاری رات کب ہمارے نصیب میں ہوتی۔"

"بڑی شانت قسم کی ہے میری یہ کزن۔۔۔ سہیلی۔۔۔ کچھ بھی سمجھ لو۔"

"یہ رشتوں کو اگر کوئی نام نہ بھی دیا جائے تب بھی وہ اپنی جگہ قائم دائم تو رہتے ہی ہیں۔"

"اچھا تو سنایئے پھر کیسے گزری۔۔۔ ہمارے بعد؟"

"جو ہم پہ گزری سو گزری۔۔۔"

"۔۔۔ مگر شبِ ہجراں!"۔۔۔۔۔ ہیروئن نے درمیان سے ہی مصرع اچک لیا۔

"تمہیں بھلاتے ہوئے، اپنے آپ کو سمجھاتے ہوئے بالآخر لکھے پہ قانع ہونا ہی پڑا۔"

"قناعت کے لئے ہم تم ہی رہ گئے تھے کیا؟"

"مجھے نہیں معلوم، لیکن کوئی کر بھی کیا سکتا ہے؟"

"بیوی کیسی ہے، بچے کیسے ہیں اور ---اور کیا تم نے ماحول میں اپنے آپ کو ایڈجسٹ کر لیا ہے؟؟؟"

"بیوی---؟ جیسی بیویاں ہوا کرتی ہیں، ارینج میرج والی---اور بچے؟ بچے تو بچے ہی ہوتے ہیں۔ پھول جہاں بھی کھلیں خوبصورت لگتے ہیں۔ رہا مسئلہ ماحول سے ہم آہنگی کا تو بابا ہم فقیروں کا کیا ہے جہاں بیٹھ گئے سو بیٹھ گئے۔"

"اچھا فقیر صاحب! یہ بتایئے کہ کوئی دشواری تو نہیں ہوئی یہاں تک پہنچنے میں؟"

"دشواری؟---یہ پوچھیے کہ ہجر کے کتنے صحراؤں کو عبور کرنا پڑا۔"

"یہ رومانیت نہ گئی تم سے۔"

"رومانیت و ومانیت کچھ نہیں، سیدھی سی بات ہے۔"

"اور میری مشکلوں کو کس کھاتے میں گنو گے۔ کتنے پاپڑ بیلنے پڑے تمہارا نمبر تلاش کرنے میں۔ کتنے عرصے بعد تم سے رابطہ ہوا اور ایک تم تھے کہ مان کے بھی نہیں دیتے تھے کہ یہ میں ہوں---کرن!---یونیورسٹی کے دنوں میں جس کا نام شمس کے ساتھ لیا جاتا تھا---وہی کرن پورے پانچ سال بعد تمہیں---"

"کیسے یقین کر لیتا؟ یوں کبھی ہوا نہیں تھا تبھی تو میں حیرتوں کے سمندر میں ڈوبا جا رہا تھا۔"

"پھر تم نے یقین کیسے کر لیا؟"

"یقین---! پہلے امپریشن سے ہی میں یقین کے حصار میں آگیا تھا اور ویسے بھی اولین تاثر ہی حقیقی اور دیرپا ہوتا ہے اور اس پہلی لازوال حقیقت کو میں کیسے فراموش

کر سکتا ہوں جب تم نے میرے سامنے لفظوں کو نغمگی بخشی:"ایسی بھی کیا جلدی!" لفظوں کے یہی وہ پہلے پھول تھے جو تم نے مسکراتے ہوئے بکھیرے تھے۔ تمہاری وہ مسکراہٹ! کلی بھی ویسی کم کم مسکائی ہو گی۔" صاحبِ علم مرد کی ذات سے ایک عاشق نے انگڑائی لی۔

"ہاں! مجھے یاد ہے سب ذرا ذرا!!۔۔یونیورسٹی کے گلوں بھرے سبزہ زار میں ہم آخری دن کی افسردگی کی بارش میں بھیگ رہے تھے۔ دو سال کی رفاقت کے حسین لمحات کو گھڑیوں کی گٹھڑی میں سمیٹا جا رہا تھا کہ تم نے ہی رخصت ہونے میں پہل کی تھی۔"۔۔

باذوق خاتون لمحوں کے پھولوں پر یادوں کی قطرہ قطرہ شبنم برسا رہی تھی۔

"ایک یہی تو بڑا عیب ہے ان چاہنے والوں میں کہ کم بخت بڑے جلد باز ہوتے ہیں۔"

اور دونوں کے دھیمے دھیمے قہقہے کمرے کی دیواروں سے سر پھوڑنے لگے۔

**

" کبھی کبھی تو مجھے محسوس ہوتا ہے کہ ہم کتنے دھوکے باز، مکار، فریبی اور منافق قسم کی مخلوق ہیں!"

"وہ کیسے؟"

"وہ ایسے کہ تم اپنی بیوی کے ساتھ اور میں اپنے میاں کے ساتھ دھوکہ کر رہی ہوں، یہ منافقت نہیں تو اور کیا ہے؟"

"شاید۔۔۔!" وہ کچھ توقف کے بعد بولا۔

"لیکن محبت۔۔۔ محبت جو دنیا کی سب سے بڑی سچائی ہے وہ کیا ہوئی؟"

" یہ سچائی اس وقت تک عظیم ہے جب تک اس میں ہوس، لالچ اور لوبھ کی کھوٹ

نہ ہو۔ کیا ہم اس کھوٹ سے پاک ہیں؟ بولو!"

"ہم بہر حال انسان ہیں۔"

"اچھا اگر جنس کو محبت سے منہا کر دیا جائے تو پھر اس صورت میں بھی کھوٹ باقی رہے گی؟"

"اگرچہ یہ ہے بہت مشکل لیکن ناممکن نہیں اور پھر وہ محبت جس میں جنسی آلودگی شامل نہ ہو وہ ہے بہت بالیدہ! لیکن ہم اپنی زندگی کے ساتھیوں کے مجرم تو پھر بھی رہیں گے۔"

"یہ سب سماجی جبر ہے، کتنا المیہ، کیسا ستم!! کہ ہم زندگی کی روشن روشن باتیں دن کی روشنی میں کہیں بھی نہیں کر سکتے۔"-----کمرہ ہوکے اور آہوں سے گرم ہو رہا تھا۔

**

"کب آنا ہے تمہارے "اس" نے کراچی سے؟"

"شاید۔۔۔ کل پرسوں تک۔"

"اچھا تم یہ بتاؤ کہ اس کا رویہ تمہارے ساتھ کیسا ہے؟"

"ایک دم اچھا۔ میں جو کہوں اسے وہ پورا کرنے کی ہر ممکن کوشش کرتے ہیں۔"

"ویری سَیڈ۔"

"کیا مطلب؟"

"مطلب یہ کہ ایسے مخلص اور پیارے سے۔۔۔"

"یہی تو میں سمجھنے سے قاصر ہوں کہ آخر تم میں ایسی وہ کیا اضافی خوبی ہے جو میرے شوہر میں نہیں۔"

"اور پھر تمہارے دو ننھے مُنے خوبصورت بچے؟"

"تمہارے بھی تو ہیں۔"

"پھر۔۔۔ پھر یہ سب کچھ کیوں کر ہوا؟"

"جسے ہم محبت کہتے ہیں، وہ بہت سفّاک جذبہ ہے، بہت وحشی، بہت شہ زور!! تم جو مجھے اپنی آرزو کہتے تھے تو میں تمہارے وجود میں یا پھر اپنے آپ میں اک حسرت بن کر دفن ہو گئی۔ مجھے نہیں معلوم کہ کب میں نے شوہر کے اعتماد اور ممتا کو جفا کا نشہ پلا کر سلا دیا؟ کب مجھ میں یونیورسٹی کی ادب کی طالبہ بیدار ہو گئی؟ ویسے میں اب تک سوچتی ہوں کہ کوئی قیامت تو نہیں آجانی تھی اگر تمہارے معاملے میں میرے والدین اثبات کا رویہ اختیار کرتے۔ لیکن شاید انہیں کوئی انٹلکچول اور مفکر قسم کا داماد نہیں چاہیے تھا۔ وہ تو چاہتے تھے کوئی بیوروکریٹ، کوئی سہگل ٹائپ بزنس مین اور بس۔۔۔! بزنس مین۔۔۔؟۔۔۔ ہونہہ! ہر جذبے اور ہر سوچ کو اشرفیوں میں تولنے والا پتھر آدمی۔۔۔!"

"تم اپنے شوہر کی توہین کر رہی ہو۔"

"اور جو میری توہین کی گئی مجھ پہ بھروسہ نہ کر کے۔۔۔؟۔۔۔ میں اکثر سوچتی ہوں شمس کہ ہمارے معاشرتی رویوں میں اور کہیں استقلال ہو نہ ہو لیکن عورت کے معاملے میں شاید ہمارے تمام مکاتیبِ فکر کا اس سوچ پہ اجماع ہے کہ عورت بھروسے کے، اعتماد کے لائق نہیں اور پھر عورت سے فہم و ادراک اور علم و حکمت کی توقع تو کی ہی نہیں جا سکتی۔"

"ہاں کرن سچ کہتی ہو تم۔۔۔ یہ معاشرہ مردوں کا معاشرہ ہے۔ اگر عورت کو چیزے دیگری نہ سمجھا جائے تو وہ ہر میدان میں معرکے سر کرنے کی اہلیت رکھتی ہے۔"

"ایسا ہو تب ہے ناں۔"

"دنیا میں صرف دو المیے ہوتے ہیں کرن۔۔۔!"

"کون سے ؟"

"ایک یہ کہ آدمی کو وہ نہ ملے جو وہ چاہتا ہے اور دوسرا یہ کہ وہ مل جائے۔"

**

"اُف۔۔۔دو بج گئے۔"

"کہاں ؟"

"ادھر دیواری گھڑی پر۔"

"نو۔۔۔!یار یہ وقت کی نبض اتنی تیز کیوں چل رہی ہے ؟"

"اسے بھی محبت کا بخار چڑھا ہوا ہے۔"

"ہماری زندگیوں کا دارومدار وقت کی رحم دلی پر ہے۔ کوئی نہیں جو وقت کی باگیں کھنچے، کوئی نہیں جو اِسے کہے یار ذرا آہستہ۔۔۔!"

اچھا تم کوئی اور بات کرو۔"

"کیا؟"

"وہ محبت اور ادب سے ہٹ کر ہونی چاہیے۔"

"اچھا۔۔۔اوں۔۔۔ہوں۔۔۔نہیں یار۔۔۔ایسا نہیں ہو سکتا۔ ہم محبت اور ادب کے بغیر صفر ہیں۔"

"چلو یوں ہی سہی۔ تم کوئی شعر ویر سناؤ۔"

"شعروں ویروں کو چھوڑو۔ میں تمہیں ایک گیت سناتا ہوں۔ ایک نغمہ۔۔۔!"

"نغمہ۔۔۔!یاد ہے تمہیں شمس کہ پروفیسر سارنگ نے ہمیں موسیقی اور شاعری پر ایک خصوصی لیکچر دیا تھا۔ پتہ نہیں کس کا حوالہ تھا؟ شاید۔۔۔مولانا ابوالکلام آزاد

کا۔۔۔!"

"جن کا پورے بتیس چونتیس صفحات کا ایک خط موسیقی کے بارے میں ہے۔۔۔ غبارِ خاطر کا آخری خط۔۔۔!"

"ہاں، ہاں۔۔۔ اسی خط میں مولانا نے کہیں یہ بات لکھی کہ طبیعت کا توازن اور فکر کی لطافت بغیر موسیقی کی ممارست کے حاصل نہیں ہو سکتی۔۔۔"

"کیا وہ فی الواقع مولوی تھے؟"

"پتہ نہیں تھے یا نہیں پر انہوں نے خدا لگتی باتیں کہی تھیں کہ نغمہ بھی ایک شعر ہے لیکن اسے حرف و لفظ کا بھیس نہیں ملا، اس نے اپنی روح معنی کے لئے نواؤں کا بھیس تیار کر لیا۔۔۔"

"یار۔۔۔ یہ مولانا آزاد کہاں سے ٹپک پڑے؟ چلو تم گیت سنو۔۔۔ وہ والا نہیں کہ کون سا گیت سنو گی انجم۔۔۔ بلکہ یہ تو نصرت فتح علی نے گایا ہے، بھئی کمال کی کمپوزنگ ہے!

سانوں اک پل چین نہ آوے سجناں تیرے بناں
دل کملا ڈُب ڈُب جاوے سجناں تیرے بناں
ہو کے ہاڑے ہجر تے اتھرو دے گیا یار سوغاتاں
مُڑ نہ آئے دل دے محرم بیت گیاں برساتاں

"اور وہ سلمان شاہ کی گائی ہوئی بابا بلھے شاہ کی وہ کافی تم نے نہیں سنی:

اساں کو عشق مریندا اڈھولن ول ول قتل کریندا

"بھئی مجھے تو وہ بہت پسند ہے۔۔۔ وہ۔۔۔ یار۔۔۔ کیا ہے۔۔۔ ہاں:

یار ڈاہڈھی آتش عشق نے لائی ہے

اساں کوں ہو گئی بے اختیاری
سینے دے وچ نہ سمائی ہے

"ہر لَے کا اپنا ایک حُسن اور ابلاغ ہوتا ہے۔"----وہ دونوں اپنی اپنی پسند سے اپنی شدت کا اظہار کر رہے تھے۔ ایک سراپا ہجر۔۔۔ایک سراپا سوز۔۔۔!!

**

"اللہ اکبر۔۔۔اللہ اکبر!!"----دور پار سے آواز آئی۔

"زندگی صبح کی اذاں تک ہے۔۔۔"

"کبھی کسی کو مکمل زندگی ملی بھی ہے۔۔۔زندگی تو رہی ایک طرف مکمل خوشی بلکہ مکمل غم بھی کسی کو نہیں ملا اور یہ زندگی۔۔۔ہم نے اپنے اپنے روز و شب کو زندگی سمجھ رکھا ہے۔ ہماری سوئی اپنی ذات کے ریکارڈ پلیے پر ہی اٹکی رہتی ہے۔ ہم اپنی ذات کے حصار سے نکل کر دیکھیں تو یہ کائنات بہت وسیع لگے، جہاں ایک طرف انسان مختلف سیاسی، سماجی، معاشی اور روحانی مسائل سے دوچار ہے تو دوسری طرف سائنس اور ٹیکنالوجی سورج کو کھینچ کر فرش نشیں کرنے میں جُتی ہوئی ہے اور پھر یہ الیکٹرانک میڈیا۔۔۔؟ دنیا سمٹ کر ڈرائنگ روم، بلکہ انسانی آنکھ کی دو پُتلیوں میں آبسی ہے۔ اس کے باوجود انسان کتنا تنہا ہوتا جا رہا ہے۔

"کچھ علاج اس کا اے چارہ گراں ہے کہ نہیں۔۔۔!"

"جتنا کسی نے اپنے آپ سمجھا ہے، جانا ہے، جتنی خود آگاہی حاصل کی ہے اتنا ہی وہ یکّا و تنہا ہوا ہے۔"

"گویا آگہی سب سے بڑا عذاب ہے۔"

"یقیناً۔۔۔لیکن اس عذاب سے گزرنا ضروری ہوتا ہے اور یہ عذاب وہ عظیم

روحانی تجربہ ہے جس سے گزر کر انسان صحیح معنوں میں کندن بنتا ہے۔۔۔ایک کھرا انسان۔۔۔سب آلائشوں سے پاک!!"

"لا اِلہ الا اللہ۔۔۔!"

"لگتا ہے ہمارا وقت پورا ہو گیا ہے۔"

"ہاں ۔۔۔شاید۔۔۔ہماری حالت اس بوڑھے غبی طالب علم کی سی ہے جو معلمِ عصر کے ہاتھوں طمانچے کھا کھا کر ڈھیٹ بن جاتا ہے اور پھر کتابِ زندگی سے جہالت، کینہ، بُغض، عناد، لُوٹ کھسوٹ، ریاکاری جیسے الفاظ کے معنی و مطالب جاننے کی کوشش میں انہیں دانتوں میں چباتا رہتا ہے، پیستا رہتا ہیاور اپنی مُٹھیاں بھینچ بھینچ کر ہوا میں لہراتا رہتا ہے۔ محض خالی خولی وقت پر غصہ نکالتا رہتا ہے۔ وقت۔۔۔۔۔۔؟اے وقت، اے یارِ مہربان!!ہم ایسے محبت زدہ "بوڑھوں" پر تیرا یہ احسان کیا کم ہے کہ تُونے اپنے لمحوں کے خزانوں میں سے قرنوں پہ بھاری ایک رات ہمیں بھی تحفے کے طور پر بخش دی۔ ہم نے یہ خزانہ، یہ تحفہ ضائع تو نہیں کیا۔ اے وقت۔ اے یارِ مہربان!!۔۔پھر کب ؟۔۔۔ کبھی تو پھر مہربان ہونا۔"

ہوکے، آہوں اور حسرتوں سے اب کمرہ ناک ناک ڈوب چلا تھا۔

"اچھا تو میں چلتا ہوں ۔۔۔۔۔لیکن وہ ایک بات۔۔۔۔۔۔جو ابھی باقی ہے۔۔۔۔۔ہزار باتوں پہ بھاری ایک بات !۔۔۔۔۔اس کے کہنے کے لیے تو صدیاں درکار ہیں۔۔۔۔۔اے زمانے۔۔۔۔۔اے وقت۔۔۔۔۔۔اے عصر۔۔۔۔۔تو کیا کوئی امید رکھوں۔۔۔۔۔شاید۔۔۔۔۔شاید۔۔۔۔۔اچھا خدا حافظ۔۔۔"

وہ منہ ہی منہ میں بڑبڑا رہا تھا۔ "خدا ہی حافظ !!"

لفظ لرز رہے تھے۔ وہی دروازہ تھا۔ دروازے پر اسی طرح اندھیرے کا پہرہ تھا پر

اب اس دروازے میں اسے الوداع کہنے کے لیے صرف ایک ہیولا کھڑا تھا۔۔۔۔۔۔باہر ابھی تک سنّاٹا تھا۔۔۔۔۔۔دور پار کہیں روشنی کے آثار نظر آ رہے تھے۔

***

شکستِ آبرو!

"بکھرے ہوئے بال، آنکھوں میں رت جگوں کے ڈورے اور متفکر چہرہ!"۔۔۔یہ تھا وہ انتہائی مطلوب مفرور قیدی جو ریاستی منتظمین کو درکار تھا۔ جدید الیکٹرانک سسٹم سے جس کا شعور سلا دیا گیا اور لاشعور سے اپنے مطلب کی باتیں اگلوانے کے لیے اس سے سوالات کا سلسلہ شروع کر دیا۔

"کیا نام ہے تمہارا؟"

"میرا نام؟"

"ہاں، ہاں تمہارا؟۔۔۔اور تمہاری ماں کا پوچھا ہے!"

"سقراط!"

"ایں۔۔۔سقراط؟۔۔۔مگر وہ تو صدیوں پہلے۔۔۔؟"

"جنابِ والا! ہر دور کا ایک سقراط ہوا کرتا ہے۔ میں عصرِ حاضر کا سقراط ہوں، عصری ترجمان، سلطانی گواہ، ابدی حقیقتوں تک رسائی حاصل کرنے والا۔ مستقبل کے حسین خواب بُننے والا قلاش مگر روشن ضمیر بندہ!!"

"کیا بکواس شروع کر دی تُم نے؟"۔۔۔ تفتیشی افسر نے دانت پیستے ہوئے کہا۔

"یہ بکواس تو نہیں سرکار! اپنی ظاہری ہیئت کے بارے میں تو میں کسی خوش فہمی میں مبتلا نہیں۔ میں بدصورت ہوں، میری بیوی مجھ سے نفرت کرتی ہے، میری رگوں میں فلسفہ دوڑتا ہے اور میری آنکھوں کے آگے غبار چھایا رہتا ہے اور اس غبار میں امید کے

کچھ جگنو ٹمٹماتے رہتے ہیں۔ میری بد قسمتی یہ ہے کہ میں صاحبِ اولاد ہوں اور وہ لوگ جو انصاف کے مفہوم سے بھی واقف نہیں وہ میرے منصف ہیں۔"

"ہم تمہارا نام پوچھتے ہیں اور تم اول فول بکے جا رہے ہو۔ سچ سچ بتاؤ کیا نام ہے تمہارا؟"

"سچی بات تو یہ ہے سرکار کہ میرا کوئی نام نہیں۔ نام میں رکھا ہی کیا ہے؟ کوئی بھی نام پکارو میں چونک اُٹھتا ہوں، اِدھر اُدھر دیکھتا ہوں کہ شاید کسی نے مجھے پکارا ہو لیکن اپنا سامنہ لے کے رہ جاتا ہوں، اس لیے کہ نہ تو کوئی مجھے پکار رہا ہوتا ہے اور نہ کوئی میری طرف دیکھ رہا ہوتا ہے۔

ایمان کی بات یہ ہے کہ مُجھے اپنے ہونے کا دُکھ سرے سے ہے ہی نہیں، دوسروں کے دُکھ، حسرتیں، آرزوئیں، خواہشیں، ارمان سب کچھ مجھے اپنے محسوس ہوتے ہیں۔ یوں لگتا ہے جیسے میں سب کا ہمزاد ہوں، میں ارسطو کا فلسفہ ہوں، میں ہی محبت کا دیوتا کیوپڈ، میں ہی وکٹر ہیوگو کا نوٹرے ڈیم کا کبڑا، میں ہی ایذرا پاؤنڈ کا کینٹو ہوں۔ باہو کا "ھُو"، شاہ حسین کا "فقیر نمانا"، اقبال کا شاہین ـــ یہ سب کردار اور علامتیں میری روح میں سرایت کیے ہوئے ہیں گویا میں ہی عصرِ موجود کی سچائی ہوں۔ اب آپ ہی بتائیں میرا کیا نام ہو سکتا ہے؟"

"عمر کتنی ہے تمہاری؟"

"میں اور میرا وطن ہم عمر ہیں۔ جسمانی لحاظ سے میری جوانی ڈھل چکی ہے اور ذہنی عمر ابھی حدِ بلوغت کو چھو رہی ہے۔"

"لعنت ہے تُم پر۔ ہم کچھ اور پوچھتے ہیں اور تو کچھ اور بکے جا رہا ہے۔ سیدھا سیدھا بکو یہ کو ڈورڈوں میں بات نہ کرو!"

"سرکار بات تو سیدھی سی ہے پر میں آپ کو کیسے سمجھاؤں، کیسے بتاؤں کہ میں ایک ہی وقت میں رو بھی سکتا ہوں اور ہنس بھی سکتا ہوں۔ یہ کمال صلاحیت کم کم لوگوں کو نصیب ہوا۔ میرے اندر آگ پانی کا کھیل میرے ہونے سے شروع ہوا اور اس وقت تک جاری رہے گا جب تک میں، میں نہ رہوں۔

میں جب کوئی رومانی ناول، افسانہ پڑھ رہا ہوتا ہوں یا کوئی ایسی ہی فلم دیکھ رہا ہوتا ہوں تو میں بیک وقت ہیرو اور ولن بن جاتا ہوں، پھر تو میں لفظوں میں سما جاتا ہوں اور سکرین پر صرف میں ہی میں ہوتا ہوں۔ جب کہانی ختم ہوتی ہے تب مجھے اپنے ہونے کا احساس ہوتا ہے۔ اپنے کو یوں تحلیل ہونے کی عادت نے مجھے بہت سی جگہوں پر شرمندہ کیا ہے۔ مثلاً میں ایک پبلک کال آفس میں ٹیلی فون کرنے گیا۔ ٹیلی فون ایک خاتون کے ہاتھ میں تھا۔ میں باری کے انتظار میں اس کے قریب کھڑا ہو گیا۔

"او پلیز شاہد! تم آج شام کو ضرور آؤ۔ تمہارے بغیر یہ شام جانے کیسے گزرے گی؟ آؤ گے ناں! پلیز شاہد ضرور آنا۔ وہ بھی کیا وقت ہو گا جب تم میرے پاس ہو گے!"۔۔۔ وہ خاتون نہ جانے اپنے "کس" کو فون کر رہی تھی۔

"آپ کے پاس ہی تو کھڑا ہوں۔" میرے منہ سے بے اختیار نکل گیا۔

"او یو شٹ اپ۔۔ ایڈیٹ۔۔۔ کیسے کیسے جاہل، جانور نما انسان بیچ میں ٹپک پڑتے ہیں۔"۔۔۔ اور وہ ریسیور کو کریڈل پر زور سے پٹختی، جوتے چٹخاتی بوتھ سے باہر چلی گئی۔

وہ تو اچھا ہوا کہ میں اپنے آپ میں واپس آچکا تھا ورنہ معلوم نہیں کیا ہو جاتا۔

"ٹھیک ہی تو کہا تھا اس معزز خاتون نے۔ تم تو ہو ہی جاہل، نِرے چغد۔ ہم پوچھتے ہیں وہ کیا کہانی ہے جسے تم ہر ایرے غیرے کو سناتے پھرتے ہو اور ریاست کی بدنامی کا باعث بن رہے ہو۔"

"کہانی وہانی کچھ نہیں سرکار! وہ تو کچھ بین ہیں۔۔۔ سسکیاں ہیں۔۔۔ اور صاحب! سسکنا کوئی جُرم تو نہیں۔"

"مُحکم خان! تُم اس اُلو کے پٹھے کی باتیں ریکارڈ کرتے جاؤ اور جب یہ ٹر ٹر بند کر دے تو اس کی کیسٹ مجھے سنا دینا۔"

"او کے سر جی!"

"چل اوے شروع ہو جا!"

**

"گاؤں کے باہر برف کے پھٹے پر، سُنا ہے، کسی نوجوان لڑکی کی لاش پڑی ہے۔ "۔۔۔ صبح صبح ایک آدمی نے مجھے بتایا تو میں تقریباً بھاگتا ہوا وہاں پہنچا۔ مجمع لگا ہوا تھا وہاں تو!۔ بہت سے آدمیوں کو دھکیلتا ہوا جب میں پھٹے کے قریب پہنچا تو مجھے لگا کہ کسی نے مسجدِ قرطبہ کو اصطبل میں بدل دیا ہو۔ جیسے غرناطہ کی آبروریزی میں میرا بھی ہاتھ ہو اور اب میں "الحمرا" کی لاش پر ابو عبداللہ کی طرح مگرمچھ کے آنسو بہا رہا ہوں۔

اس نوجوان لڑکی کو جنسی تشدد سے ہلاک کیا گیا تھا۔

"اسے ہم سب نے مارا ہے، ہم نے، تُم نے۔۔۔" میں چیخا

"وہ کیسے بھائی صاحب؟"

"ہم نے ہی تو اسے مارا ہے۔ یہ لچر گیت، بلیو فلمیں، لو لیٹر، سبز باغ۔۔۔ یہی تو جنسی درندگی کے شاخسانے ہیں۔"

"بس رہنے دو اس تقریر کو ورنہ مفت میں مارے جاؤ گے۔" ایک دو آدمی چِلّائے۔

"پہلے کب زندہ ہوں!"

"یہ تو ہے ہی پاگل!"

"ہاں، ہاں میں پاگل ہوں۔۔۔ مر جو گیا ہوں، اگر زندہ ہوتا تو تمہیں بتاتا کہ زندگی کو مارنا اتنا مشکل نہیں ہوتا جتنا موت کو مارنا مشکل ہوتا ہے۔ موت ہی تو سب سے بڑی سچائی ہے۔ بھلا سچائی کو کون مار سکتا ہے، ہے ناں؟"

"ہاں بھئی صحیح کہتے ہو، مگر خدا کے لیے خاموش ہو جاؤ اور ہمیں کچھ کرنے دو۔"

"کیا کر لو گے تم؟ پہلے کیا کر لیا جو، اب کرو گے، کوئی کچھ نہیں کر سکتا۔۔۔ سب باتیں ہیں اور باتوں کا کیا ہے؟"

"اے بھائی صاحب! خدا کے لیے۔۔۔ خدا کے لیے"۔۔۔ اب مجمع میں بھنبھناہٹ سی شروع ہو گئی تھی۔

"اچھا اچھا میری تجہیز و تکفین تو کرو، میرا ماتم تو کرو، میں تمہاری شکستِ آبرو ہوں، میں مرتا ہوں۔"

"مرو، مرو لیکن خاموشی کے ساتھ۔"

"۔۔۔اور جب میں خاموشی سے مر گیا تو میرے اندر کا ابو عبداللہ زندہ ہو گیا۔۔۔۔۔۔۔۔۔ میں کہ ابو عبداللہ۔۔۔ عرقِ ندامت میں بھیگا۔۔۔ کوہِ بشارت پہ کھڑا۔۔۔ پیچھے مُڑ کے دیکھتا ہوں۔۔۔ اور سوچتا ہوں۔۔۔ تھا میرا بھی غرناطہ۔۔۔ تھی اک مسجدِ قرطبہ۔۔۔ اور ایک الحمرا!!!۔۔۔ اور پھر وہ آٹھ صدیاں۔۔۔ جو آٹھ لمحوں میں ڈھل گئی ہیں۔۔۔ ان پر آٹھ آنسو بہا بھی چکا۔۔۔ مجھ سا بے کس بھی کوئی کیا ہو گا۔۔۔ اب جس کے خوابوں کی وسعتوں میں مسجد ہے نہ کوئی الحمرا۔۔۔ میں کہ ابو عبداللہ۔۔۔ یہ میری گردن پہ کس کا چہرہ سج گیا؟۔۔۔ میرے پیچھے اک مہیب دھند۔۔۔ مرے آگے دھواں ہی دھواں۔۔۔ کتنے حَسیں خوابوں کو میں ٹوٹنے سے بچا نہ سکا۔ اب کوہِ بشارت پہ کھڑے ہو کر آنسو بہانے کا کیا فائدہ؟۔۔۔ آہ مرے غرناطہ!

مرے قرطبہ!! مرے الحمرا!!!۔۔۔ الوداع، الوداع!!۔۔۔ الوداع اے روحِ حسرتِ تعمیرِ زمانہ!۔۔۔ اب کبھی بھول کے بھی مری چشمِ نمناک میں مت آنا۔"

٭٭

"تم عورتوں کی طرح رو کیوں رہے ہو؟"۔۔۔ میری ماں ملکہ عائشہ نے پوچھا۔

"۔۔۔ اس لیے کہ میرا کعبہ اربابِ فن، سطوتِ دینِ مبین، میری مسجدِ قرطبہ جو لُٹ گئی۔ میں اپنے دادا عبدالرحمٰن کو کیا منہ دکھاؤں گا؟"

"مگر اب تو الحمرا کے چہرے پر بھی کالک مل دی گئی۔ تم کن کن حَسین چیزوں کو روؤ گے!! عاشق بن کر جس حُسن کی تم حفاظت نہ کر سکے اس کی پامالی پر عورتوں کی طرح آنسو کیوں بہاتے ہو؟"

"مجھے المامن ساحر کی بیٹی نے کچھ کرنے نہ دیا۔ یہ لڑکیاں ناگن ہوا کرتی ہیں، پوری کی پوری تاریخ کو ڈس لیتی ہیں، میں کیا کر سکتا تھا؟"

"تُم۔۔۔ تُم عزت کی موت تو مر سکتے تھے۔ اپنے سپہ سالار ساتھی موسیٰ کی طرح تم بھی اپنے آپ کو دریائے کبیر کے حوالے کر دیتے، مگر تم تو شراب اور شباب زدہ تھے۔ ایک حسین تاریخ کے چہرے پر کلنک کا ٹیکہ۔۔۔! ۔۔۔ اب الفجارہ کی گھاٹیوں میں مرو۔"

اور میں اپنے آپ سے بچتا بچاتا الفجارہ کی گھاٹیوں میں گم ہو گیا، لیکن جنگل نے بھی مجھے قبولنے سے انکار کر دیا۔۔۔۔۔ میں مارا مارا پھرتا رہا، پھرتا رہا۔۔۔ صدیاں بیت گئیں ۔۔۔ صدیاں ایسے ہی نہیں بیت جاتیں، لیکن میری آوارگی ختم نہ ہوئی۔ میں ندامت اور ملامت کا سفر کرتے کرتے "سندربن" میں پہنچ گیا۔ الفجارہ سے سندربن تک ایک طویل اور تھکا دینے والا سفر تھا کہ جس کے درمیان غرناطہ کی طرح کا ایک شہر پڑتا تھا۔۔۔ ڈھاکہ۔۔۔ جس کے ریس کورس گراونڈ میں سال کے آخری ماہ کی ایک یخ بستہ

سہ پہر کو لاکھوں کے سامنے مجھے بے لباس کر دیا گیا۔ میں اپنی شکستِ آبرو پہ آنسو بہانا چاہتا تھا کہ مجھ پر جوتوں کی بارش ہونے لگی۔ میں اتنا رویا، اتنا رویا کہ میری گھگھی بندھ گئی۔۔۔ پھر میں وہاں سے بھاگ نکلا اور آج کل میں اپنے بابا کے لگائے ہوئے باغ جو، اب جنگل بنتا جا رہا ہے، میں اپنے آپ سے چھپتا پھرتا ہوں جہاں سے آپ مجھے بقول آپ کے میری لایعنی گفتگو کی پاداش میں پکڑ کر لائے ہیں۔

اس گھنے باغ نما جنگل میں ریاکاری، خود غرضی اور نفرت کے دیو قامت اور گھنے پیڑ ہیں۔ جہاں میرے جیسا اپنے ہی ضمیر کا مفرور قیدی بہ آسانی چھپ سکتا ہے۔ یہاں آ کے مجھے احساس ہوا کہ میرا کوئی نام نہیں، میری کوئی پہچان نہیں۔۔۔ پھر بھی میں اپنے آپ سے چھپتا پھرتا ہوں۔ پتہ ہے انسان اپنے آپ سے کب چھپتا ہے؟ جب باہر والا اندر والے کو بے آبرو کر دیتا ہے۔

**

اس جنگل میں ایک رات اتنے زور کی بارش ہوئی۔۔۔ اتنے زور کی، جیسے وہ بارش نہ ہو بلکہ بے روزگاری کے ہاتھوں خودکشی کرنے والوں کی ماؤں بہنوں کے آنسو ہوں ۔۔۔ اوپر سے تیز آندھی اور گرج چمک۔۔۔ جیسے۔۔۔ جیسے۔۔۔ کسی کی محبت کا شدید جذبہ اور پھر اس جذبے پر جفا کی ناگہانی برق گرے۔ آسمانی بجلی کا ایک جھماکا سا ہوا اور مجھے اس شوریدہ دشت میں ایک خوبصورت چہرہ نظر آیا۔

"کون ہو تم؟" اس نے بے باکی سے پوچھا۔

"میں۔۔۔ میں شکستِ آبرو ہوں۔"

"اور تُم۔۔۔؟"

"میرے کئی نام ہیں۔۔۔ آرزو۔۔۔ حسرت۔۔۔ نشاط۔۔۔ نشاۃِ ثانیہ!!!"

"لیکن یہ سب تو شاعرانہ قسم کے نام ہیں، نرے ادبی۔۔۔رومانٹک، لیکن پھر بھی اچھے ہیں۔"

"شکریہ!"

"یہ کیا۔۔۔؟ تمہارے تو پاؤں اُلٹے ہیں۔۔۔ پچھل پیری۔۔۔ چڑیل۔۔۔ اوے!"

"ڈرو نہیں، الٹے پاؤں سے کیا فرق پڑتا ہے۔"

"میں کوئی ڈر تھوڑا رہا ہوں۔"۔۔۔میں نے کانپتے ہوئے کہا۔

"تم تو میرے قبیلے کا استعارہ ہو نشاۃ ثانیہ! منہ مستقبل کی طرف اور پاؤں ماضی کی جانب، میں بھلا تم سے کیوں ڈرنے لگا؟؟"

"تمہارے دماغ کی چولیں بھی مجھے ہلی ہوئی نظر آتی ہیں۔ تم کہیں سیاسی اور سماجی موضوعات پہ تو منہ نہیں مارتے؟"

"سیاست، سماج۔۔۔ سماج، سیاست۔۔۔ سماج۔۔۔ہاں بھئی سماج!!!!"۔۔۔اور میں تقریباً دوڑ پڑا۔ وہ چیخ مار کر میرے پیچھے بھاگی۔ اس سے پہلے کہ میں اس کی گرفت میں آتا کہ ایک دم میں اڑنا شروع کر دیا۔ میں اڑتا رہا اور نشاۃ ثانیہ میرے نیچے چیختی چلاتی بھاگتی رہی۔ جب میرا سانس پھول گیا تو میں ایک شارع عام پر چاروں شانے چت آگرا۔ پچھل پیری عرف نشاۃ ثانیہ چیختی ہوئی میرے قریب آگئی۔ وہ دیوانہ وار قہقہے لگا رہی تھی اور اس کے منہ سے کف کی پھوار چھوٹ رہی تھی۔ وہ میرے اور زیادہ قریب آگئی۔ اس سے پہلے کہ وہ میرا گلا گھونٹ دیتی کہ اسی اثنا میں آسمانی بجلی زور سے کڑکی۔

**

"نہیں۔۔۔ایں، ایں، ایں۔۔۔!!!"۔۔۔اور اس نے آنکھیں پھاڑ کر دیکھا تو ٹارچر سیل میں آٹھ سو واٹ کا بلب اس کی آنکھوں کے عین اوپر لٹکا ہوا تھا۔

"ایک اور جھٹکا دو سالے کو، بڑا انقلابی بنا پھرتا ہے!"

قریب کھڑے ہوئے تفتیشی افسر کی آواز اُسے بہت دور سے سنائی دے رہی تھی۔

****

ملبے میں دبے خواب

"سُنا ہے بابا کہ آپ اس وقت گاؤں کے اس بڑے پہاڑ کی چوٹی پر یہ سب کچھ دیکھ رہے تھے؟"۔۔۔ٹی وی نمائندے نے مائیک اس کے قریب کرتے ہوئے کہا۔

"ہاں جی۔"

"اچھا پہلے آپ اپنا نام تو بتائیں۔"

"پکھیرو بابا!"

"اس کا کیا مطلب ہے بابا؟"

"پرندوں سے محبت کی وجہ سے گاؤں والوں نے میرا یہ نام رکھ دیا۔"

"اچھا آپ تفصیلات بتائیں، آپ نے کیا کچھ دیکھا؟"

"جب کوئی مصیبت ٹوٹنے والی ہو تو پرندوں اور جانوروں کو پتہ چل جاتا ہے۔ وہ اپنی اپنی بولیاں بول کر ایک دوسرے کو اس آنے والے خطرے سے آگاہ کرتے ہیں۔ انسان بھی اگر خدا سے رابطہ استوار رکھے تو اسے بھی آنے والی آفتوں کا علم ہو سکتا ہے۔ اللہ تو بار بار کہہ رہا ہے کہ کیا تمہیں اس چھا جانے والی آفت کی خبر پہنچی؟ کچھ چہرے اس روز خوف زدہ ہوں گے، سخت مشقت کر رہے ہوں گے، تھکے جاتے ہوں گے۔۔۔"

پرندوں کی زبانی مجھے معلوم ہوا کہ کہ ایک کہانی وجود میں آنے والی ہے۔ وہ مجھ سے کہہ رہے تھے کہ بابا تُم اپنا آشیانہ چھوڑ دو، زمین ہلائی جانے والی ہے۔۔۔۔۔ آشیانہ چھوڑ دوں مگر جاؤں کہاں؟"

"کسی بھی "محفوظ" مقام پر!" پکھیرووں نے کہا۔

"گھر سے بڑھ کر بھی کوئی محفوظ مقام ہو سکتا ہے بھلا؟۔۔۔۔۔۔ آہ بھولا بندہ، خوش فہمیوں کی جنت میں بسنے والا، اپنے آپ سے بے خبر، ناعاقبت اندیش!!۔۔۔۔۔۔ گھنٹہ تو نہ گزرا ہو گا کہ اک پھنکار آئی، پھر چنگھاڑ اور پھر کیا تھا ایک حشر برپا ہو گیا۔۔۔ ہر طرف شور، عورتوں، بچوں کی چیخ و پکار۔ موت کی ماری عورتیں چیخ رہی تھیں ہائے میرا لختِ جگر، ہائے میرا بھائی، ہائے میرا سہاگ، ہائے میری ماں، میری بیٹی !!! بیبیو! کوئی کرے بھی تو کیا۔ مرنے سے پہلے مر جا!۔۔۔۔۔۔

"بابا تم تو شاعر بھی لگتے ہو۔"

"شاعر وائر تو نہیں ہوں بس لفظ جوڑنے سیکھے ہیں اس ملبے سے۔"

"کس سے؟"۔۔۔ نمائندے نے پوچھا

"اس عمارت سے جس کے اعضا بکھرے پڑے ہیں۔ یہ فی الواقع جنت تھی۔ اس کی الماریوں میں سجی کتابیں گویا خوشبودار پھل اور نور کی بہتی نہریں۔۔۔ جواہرات کا خزانہ تھیں۔ مٹی کی ان ڈھیریوں میں غالب اور اقبال کے جواہر پارے، فیض، راشد، مجید امجد کے صحیفے، گلستان، بوستان، مثنوی معنوی، مقدمہ ابن خلدون، ابن عربی کی فصوص، فردوسی کا شاہنامہ، ارسطو کی سیاسیات، افلاطون کی ری پبلک، شیکسپیئر کا ہملٹ، وارث شاہ کی ہیر، قراۃ العین کی آگ کا دریا، بانو قدسیہ کی راجہ گدھ، قدرت اللہ شہاب کا شہاب نامہ اور پھر منٹو، مفتی، اشفاق، انتظار، موپساں، چیخوف، دانتے، ہیگل، ہیوگو، فسکی، گورکی، گوگول، سارتر۔۔۔ ان ڈھیریوں میں کیا کچھ زندہ درگور نہ ہوا۔"

"بابا تم تو کام کے آدمی نکلے۔۔۔۔۔۔ اور بتاؤ۔"

"کیا بتاؤں، کیا کہوں، کہاں سے شروع کروں۔۔۔۔۔۔؟؟؟ بڑی بڑی ہولناک

کہانیاں تو اور لوگ سنائیں گے۔ میں نے تو چھوٹی چھوٹی کہانیاں دیکھیں۔"

**

"لوگ ملبہ ہٹانے میں مصروف تھے۔ میں نے ایک ٹنڈ منڈ درخت کے بیچ میں ایک گھونسلہ دیکھا، تنکوں اور کچرے کاغذوں کا بنا ہوا۔ اس گھونسلے میں گوشت کا ایک چھوٹا سا لوتھڑا پڑا تھا اور ساتھ میں ٹوٹے ہوئے انڈے کا ایک خول۔ کیا مالِ غنیمت میرے ہتھے چڑھا تھا۔ کچرے کاغذوں میں سے ایک بوسیدہ کاغذ بھی عجیب تھا، اس پر لکھا تھا:

"آؤ فرزانہ احمد! تمہیں ان احسانات کی تفصیل بتاؤں جو تمہارے لگائے ہوئے زخموں کے بعد میں نے محسوس کیے۔ نہ جانے آدمی مسرت اور دکھ کے لمحات میں صرف ان ہستیوں کو کیوں یاد کرتا ہے جنہوں نے انہیں دکھ دیے ہوں یا جن کے ساتھ اچھے لمحات گزرے ہوں۔ میں محسوسات کے اس دوراہے پر کھڑا ہوں جہاں مجھے نہ تو یہ علم ہے کہ مجھے تم سے نفرت ہے یا محبت۔

یوں لگتا ہے کہ میں کہیں خلا میں لٹکا ہوا ہوں۔ میں نے تمہیں جذبوں کی آخری شدت کے ساتھ چاہا اور یہ میں ہی ہوں جو چاہتا ہوں کہ تمہیں بھُلا دوں، کوئی تمہارا نام بھی میرے سامنے نہ لے۔ میں اپنے آپ کو سمجھاتا ہوں کہ دیکھو پاگل انسان تم نے اپنے انتہائی قیمتی اور لازوال جذبے اس کے لیے وقف کر دیئے جو اپنے آپ سے بھی مخلص نہ تھی۔

"ہمیں تو کوئی بھی مخلص نہ مل سکا اور ہم نے ہر ایک کو شدت سے چاہا۔"

فرزانہ احمد! یاد ہے تمہیں، ایک بار تم نے کہا تھا۔ یہی کہا تھا ناں۔ اس وقت میں نے سوچا ایسی مخلص ہستی کو بھلا کوئی کیونکر نہ چاہے گا۔ یہ محض ڈائیلاگ ہیں، لیکن مجھے اب

اندازہ ہوا ہے کہ کوئی تمہارے لیے جان سے بھی گزر جائے تو یہ کوئی کمال کی بات نہ ہو گی۔ تم تو بھاری معاوضہ لے کر اپنا مخصوص کردار ادا کرنے والی پارٹ ٹٙم محبوبہ ثابت ہوئی۔۔۔ محض ایکٹرس!

میرے سمیت تمہارے کتنے اَفیئرز چلے؟ یہی کوئی پانچ سات تو ضرور ہوں گے۔ آخری اطلاع تک تمہارا جس شخص سے معاشقہ چل رہا تھا اس کے لیے بس دعا ہی کی جا سکتی ہے، اس لیے کہ تمہاری روایتی بے وفائی اسے بھی بالآخر مجروح کرے گی۔

میں اکیلا ہی مزے میں تھا مجھے تم کس لیے مل گئیں، کس لیے؟؟ اور اگر مل ہی گئی تھیں تو پھر کیوں مجھ سے یہ ناٹک کھیلا، کیوں آخر کیوں؟؟

فرزانہ احمد! ہمارے خواب تو ہمارے ہی لہو میں ڈوب گئے مگر تمہارے خواب ۔۔۔! تمہارے خوابوں کو بھی کسی کے آنسوؤں کا سیلابِ بلا بہالے جائے گا۔"

"آہ محبت اور محبت زدہ لوگ!! کسی عاشقِ نامراد کے نالے کام کر گئے اور نہ صرف فرزانہ احمد بلکہ سب کے خواب تہہ و بالا ہو گئے، جنت ملیامیٹ ہو گئی۔

**

دو جوان اور حَسیں آنکھوں میں تیرتے رنگ بھی کیا خُوب تھے!

"طاہرہ جانم! ہمارے خواب ایک ایک کر کے ضرور شرمندۂ تعبیر ہوں گے۔ "۔۔۔ زندگی کے سٹیج پر ایک ہیرو اپنی ہیروئن کو تسلی دے رہا تھا۔

"اب دیکھیں ناں! تمہیں حاصل کرنے کے لیے کتنے پاپڑ بیلنے پڑے تھے مجُھے۔ تمہاری منگنی تمہارے کزن سے طے ہو چکی تھی لیکن جیت بالآخر میرے جذبوں کی ہوئی۔ یاد ہے تمہیں طاہرہ! کہ ہمارے دور پار کے ایک رشتہ دار کی شادی کے موقعہ پر

جب میں نے تمہیں لڑکیوں کے جھرمٹ میں دیکھا تو تم جگمگ کرتے ستاروں میں چاند کا کوئی ٹکڑا نظر آ رہی تھیں۔ تم ہر ایک سے چہک چہک کر باتیں کر رہی تھیں۔ میرے قریب سے گزرتے ہوئے ایسے ہی تم نے پوچھا:

"ہیلو ناصر! تمہاری "اُس" نے بھی ایم۔اے کر لیا کیا؟"

"کس نے؟"۔۔۔ میں نے انجان بنتے ہوئے سوال دہرایا۔

"بھئی وہی جو آج کل ہمارے تمہارے خاندان کی تمام لڑکیوں کے لیے ایک سلگتا ہوا سوال بن چکی ہے۔"

"مگر میرا اسبجیکٹ تو بڑا پاکیزہ ہے۔"

"وہ کیا؟"

"بتاؤں"

"ہاں بھئی، جیتے جی یہ احسان بھی فرما ہی دیجیے۔"

"اُس کا نام ہے۔۔۔ طاہرہ دیوی!"

"کیا۔۔۔؟"

"جی ہاں۔۔۔!"

"فلرٹ کر رہے ہو؟"

"نو۔۔۔! بائی گاڈ میں سچ کہہ رہا ہوں۔"

"۔۔۔اور پھر جب پردہ ہائے بام و در آہستہ آہستہ اُٹھنے لگے تو یہ تُم ہی تھیں جس نے مجھے بتایا کہ "جس دن سے مجھے معلوم ہوا کہ تمہارا کسی ہم جماعت سے "معاملہ" چل رہا ہے تو میں نے تہیہ کر لیا کہ بس تمہیں جیتنا ہے سو بازی لگا دی۔"

کیا کچھ نہیں کرنا پڑا اس دوران میں ---خط---چوری چھپے ملاقاتیں ---وعدے--- قسمیں --- مستقبل کے خواب---بالآخر ہماری دیوانگی کے آگے ہمارے اور تمہارے والدین کو ہتھیار ڈالنے ہی پڑے اور پھر میں اور تُم "ہم" ہو گئے---ہے ناں!"

"ہاں مگر---کچھ خواب تو ابھی ادھورے ہیں۔"--ہیروئن نے منہ بسورتے ہوئے کہا۔

"وہ خواب بھی ضرور پورے ہوں گے۔"---ہیرو نے پورے تیقّن سے کہا۔

"تُم دیکھنا طاہرہ! کہ اس گھروندے کے بجائے ایک چھوٹا سا بنگلہ نما گھر ہو گا جس کے صحن میں سبزے کا ایک چھوٹا سا قطعہ! جس کے ارد گرد رنگ برنگے پھول ہوں گے۔ پھر ڈرائنگ روم، ڈائننگ ہال اور---ایک سٹڈی روم تو ضرور ہو گا۔ سٹڈی روم میں میز کرسی کے بجائے قالین اور گدے ہوں گے۔ گاؤ تکیے پہ کہنی لگا کر پڑھنے کا کچھ اپنا ہی مزہ ہوتا ہے اور پھر پڑھتے پڑھتے سو جانا!! بھئی واہ!!---اور پھر طاہرہ دیوی! ہم تمام کمروں کو عبدالرحمٰن چغتائی، حاجی محمد شریف، استاد اللہ بخش، صادقین، یوسف سدیدی، اسلم کمال جیسے باکمال فنکاروں کے فن پاروں سے سجائیں گے۔"

"---اور پکاسو---!"

"چھوڑو پکاسو کا سو کو، وہ کوئی مصور ہے۔ الٹی سیدھی لکیریں کھینچنے سے بھلا کون سا لطیف شہ پارہ وجود میں آسکتا ہے۔ اپنے دیس کا ہر مصور ایک سے بڑھ کر ایک---اور طاہرہ! یہ گاڑی، یہ فریج، یہ کلر ٹی وی تو اب ضرورت کی چیزیں ہیں۔"

"اللہ! ناصر---! یہ سب کچھ کب ہو گا؟"

"بس ذرا صبر میری جان! مجھے کسی اہم مقام تک پہنچنے تو دو پھر دیکھنا کیا ہوتا ہے!"
لیکن---- آہ!! صاحب! کیا بتاؤں تتلیوں جیسے نازک خواب بند مٹھیوں میں رہ گئے۔"

"پھر کیا ہوا؟"

"کیا ہوا۔۔۔ یہ پوچھیے کہ کیا نہیں ہوا؟؟ قیامت تھم گئی، درد کی رات آ کے گزر بھی گئی۔ صبح امید جب پھوٹی تو دیکھا کہ کتنی ضوفشاں بستیاں شہر خموشاں میں بدل گئیں، آشیانوں کے بکھرے ہوئے لاشے جیسے چہرۂ فردوس پر چیچک کے داغ۔ پھر اک اور طوفان اُٹھا۔ جسمانی اور روحانی بیماریوں کا۔ جا بجا پھیلے پیشہ ور منگتوں کا طوفان، گھٹنوں میں سر دیئے، کبھی کسی سے کچھ نہ مانگنے والوں کا انبوہِ کثیر۔ امدادیں کچھ لوٹ لے گئے اور کچھ دامن میں آہیں اور قناعت بھر کے لائے۔ خیر اور شر گتھم گتھا ہوتے رہے، ہوتے رہیں گے۔

نئے نقشے اُبھرنے لگے، آشیانوں کے، جنتوں کے۔ بُجھے بُجھے، زندگی کی حرارت سے نابلد، تجریدیت کا رنگ لیے ہوئے۔ کیا یہی وہ خواب تھے جو اس نے، میں نے اور ہم نے دیکھے تھے؟"

اک سینۂ سنگ کیا پگھلا ہے کہ فردوس کا ہر کوچہ و گھر کھنڈر بن گیا ہے۔ اب اس تڑخی بہشت کے کس کس کھنڈر کا، جو کبھی اک ہنستا بستا گھر تھا، کن کن پھٹی آنکھوں کا، ٹھنڈے جسموں، منجمد لہوؤں کا، معصوم چیخوں، جواں ارمانوں کا، رعشہ زدہ ہاتھوں کے کرب کا نوحہ کہوں۔

**

صاحب! کیا بتاؤں ؟ لفظ لرزتے ہیں ، حرف ہانپتے ہیں ، تڑخی بہشت کے آثار میں مدفون خوابوں کے وارثوں کو کیسے پُرسہ دوں، کس کس کا نوحہ کہوں ؟؟

پکھیرو بابا کی آواز رندھ سی گئی۔

* * *